本书获2018年贵州省出版传媒事业发展专项资金资助

侗族民间口传文学系列
（第2辑）

卜谦/主编

情恨姑表

杨成怀/副主编
杨成怀 石建基/收集
杨艳江 杨广珠 杨亚江/整理翻译

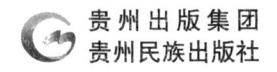

贵州出版集团
贵州民族出版社

图书在版编目(CIP)数据

情恨姑表：侗文、汉文对照 / 卜谦主编；杨成怀，石建基收集；杨艳红，杨广珠，杨亚江整理翻译. —— 贵阳：贵州民族出版社，2018.12
（侗族民间口传文学系列. 第2辑）
ISBN 978-7-5412-2440-9

Ⅰ.①情… Ⅱ.①卜…②杨…③石…④杨…⑤杨…⑥杨… Ⅲ.①侗族-民歌-作品集-中国-侗语、汉语 Ⅳ.①I277.297.2

中国版本图书馆CIP数据核字（2018）第301328号

侗族民间口传文学系列（第2辑）

情恨姑表

　卜　谦　主　编
　杨成怀　副主编
　杨成怀　石建基 收集
　杨艳红　杨广珠　杨亚江 整理翻译

□出版发行	贵州民族出版社
□出 版 地	贵阳市观山湖区会展东路贵州出版集团大楼
□印　　刷	贵阳精彩数字印刷有限公司
□开　　本	787mm×1092mm　1/16
□印　　张	10.25
□版　　次	2018年12月第1版
□印　　次	2018年12月第1次印刷
□字　　数	160千字
□书　　号	ISBN 978-7-5412-2440-9
□定　　价	46.00元

前　言

　　侗族民间文学丰富多彩，体裁多样，主要有歌谣、戏剧、故事、"君"（说唱）等形式，其中不乏脍炙人口的经典之作，深受广大侗族群众的喜爱。如被改编成戏剧和电影的《珠郎娘美》、传遍侗族山乡的《金汉列美》等等。侗族民间文学以本民族语言为载体，以口传的方式传承，其中歌谣占大部分。中华人民共和国成立前，由于侗族没有自己的文字，歌谣、故事等的皆以口传方式传承。老教小，小学老，一代传一代，祖祖辈辈口耳相传下去。其实，在戏剧、故事和"君"里面，也是有很多唱的成分穿插在里面的。所以说，侗族民间文学，也是以歌谣为主的民间口传文学。

　　侗族是中国境内横跨四省区的一个民族，总人口有近300万。侗族语言属于汉藏语系壮侗语族侗水语支。侗族是一个喜欢唱歌的民族，"饭养身，歌养心"是对侗族人民热爱歌的写照。生活中，侗族以歌代言、以歌传情、以歌立规、以歌述史，歌谣成为侗族人民生活中不可或缺的组成部分，也是侗族文化的重要组成部分。侗族民间歌谣经过千百年的积累，形成了今天广布侗族民间并唱响世界的各类经典歌谣。

　　歌谣是侗族人民创作的一种口头文学体裁，是侗族人民生活实践、思想感情和理想愿望的真实反映。从歌谣产生和发展的历史规律来看，歌谣伴随着人类社会的产生而出现，是人们智慧的口头体现。因此，侗族民间歌谣应该先于故事、戏剧和"君"而产生，是侗族最早的一种民间文学体裁。以歌谣为代表的侗族民间文学是侗族人民长期生活经验和心灵情感积累的展示,体现着广大侗族人民群众的集体智慧,也折射出侗族人民的哲学思想,更表现了侗族追求美与善的民族性格。

从历史上看,侗族地区远离历代中央王朝的势力范围,远离传统中国的政治、经济和文化的中心。因此,千百年来侗族一直固守着本民族独有的文化,保持着本民族文化的特质,随着生活经验的不断积累和思想感情的不断升华,包括民间文学在内的侗族文化得到了较好的发展。唐以后至宋、元、明时期,随着中央王朝对民族地区实行羁縻政策和改土归流制度,朝廷的统治及至侗族地区,汉族文化影响力逐渐进入到封闭的侗族地区,给侗族文化注入了新的元素,催生了具有外来文化元素的新的民族文化种类,例如侗族的戏剧及说唱艺术就是经过侗、汉两种文化的整合后顺势而产生的。清道光年间,侗族文人吴文彩将侗族的"君"和琵琶歌与汉族戏剧结合起来,形成了一个具有浓郁侗族特色的戏曲剧种,这就是侗戏。如此等等,这些都促进了侗族民间文学的发展。侗族民间文学在元、明、清时期进入发展繁荣阶段,及至"民国"时期乃至中华人民共和国成立后的几十年间,侗族民间文学一直稳步发展着。20世纪60年代的"文革"时期,包括侗族在内的少数民族民间文学受到一定程度抑制,很多民间文学资料被当成旧思想而惨遭扼杀,但口传民间文学特别是歌谣在侗族民间仍然盛行。像琵琶歌、拦路歌、侗戏等一些与侗族民间习俗密切相关的文学种类依旧为侗族群众所喜爱。进入20世纪80年代,随着中国的改革开放和经济的发展,以汉族文化为代表的强势文化深入侗族地区,客观地冲击着侗族文化的正常发展。特别是打工潮的出现,对侗族文化的冲击更大,随着一些老年歌师的相继离世,侗族文化面临着后继无人的局面,陷入了难以传承的尴尬境地。

科学的发展和传播技术的进步,使得现代文化对侗族文化也带来了更大的冲击,特别是互联网、电视、电影等新文化传播手段的增多,使包括侗族民间文学在内的许多民族古老文化濒临消亡。鉴于此,国家对包括侗族文化在内的少数民族文化采取了很多保护措施,将一些优秀的民族民间文化列入了保护的对象。侗族大歌就作为人类社会共有的非物质文化遗产而受到保护,侗族琵琶歌、侗戏也进入国家级非物质文化遗产行列。国家也在为抢救、挖掘和整理这些优秀的民间文化资料方面而努力,力求探索出真正能保护民族民间文化的新方法和新路子。对民间资料的收集整理加大了扶持力度,特别是在经费上更是向民族地区倾斜。如,国家新闻出版广电总局会同国家民委、财政部设立了少数民族文字出版专项资金,文化部专门有非物质文化遗产保护资金,文化传承人制度的建立等等。正是这些行之有效的抢救和保护措施,使得这些优秀的民族民间文化得到了有效保护。

从侗族民间歌谣种类的分布来看,琵琶歌分布地域最广,使用人群最多。贵州、湖南、广西的广大侗族地区均有分布。

侗族大歌虽然仅盛行于贵州、湖南、广西交界处的侗族地区,但大歌自20世纪80年代走出国门,唱响巴黎、轰动欧洲后,其优美的旋律和多声部特征受到人们的喜爱,并作为中国最有魅力的少数民族复调音乐种类而名噪世界。

祭萨歌是广大南部侗族地区祭祀女神萨玛时所唱的纪念性歌谣,颂扬这位侗族女性祖先的丰功伟绩,并祈求萨玛保护侗族山乡。从祭萨歌的内容来看,有讲述萨玛的来源的,也有叙述萨玛的战斗历程的,更多的是祈求萨玛保村护寨、歌颂萨玛的丰功伟绩的。

拦路歌作为侗族传统习俗"吃相思"民间集体做客活动必

不可少的礼仪歌谣也深受广大侗族群众的喜爱,在南部侗族地区特别是旅游业相对发达的村寨尤其盛行。随着时代的变迁,侗族拦路歌也顺应时代的变化而增添了一些新的内容,从侗族内部村寨礼仪发展到对外来客人的接待,以适应文化开放的需要和旅游业的发展。侗族拦路歌的变迁,反映侗族热情好客的民族性格,是研究侗族深奥的礼仪文化的珍贵民族学资料。

款词作为侗族社会特有的村寨管理条文,起着规范侗族村寨乡民行为、维护群众利益及保境安民的作用。款,是侗族社会历史上建立的以地缘和亲缘为纽带的部落与部落、村寨与村寨、社区与社区之间通过盟誓与约法而建立起来的带有区域行政与军事防御性质的联盟,是侗族古代的社会组织和社会制度的集中体现。款词就是记录古代侗族这一社会组织和制度的韵文式念词,它对规范侗族社会行为起着法律性质的作用。款词分为创世款、族源款、习俗款、出征款、英雄款、请神款、祭祀款等。

侗戏是侗族人民在长期的劳动生活中创造并喜闻乐见的一种艺术形式。侗戏由于是在侗族叙事性琵琶歌的基础上糅进了汉族戏剧的形式,因而有汉族戏剧的腔调和程式,更具有独特的本民族风格。自侗戏产生以来,侗族文人将本民族叙事歌的内容改编成侗戏剧本,产生了很多优秀的戏剧作品;也有移植自汉族历史故事的,如侗戏《梅良玉》改编自汉戏《二度梅》,《凤娇李旦》改编自历史故事《薛刚反唐》。由于侗族社会的相对封闭,外来文化特别是娱乐性文化难得进入侗族地区,因此这些揭露丑恶社会、激起群众思想波澜的剧目在侗族地区就深受欢迎,成为年节及平时娱乐活动的内容之一。

侗族民间口传文学体裁的多样性决定了它的适应能力比较强,生命力旺盛,在侗族山乡的任何地方,都有它生长的土壤。不论是歌谣、戏剧，或是说唱的"君"，都有各自对应的群体，特别是歌谣，侗族的男女老少都可以唱，任何时间任何地点都能唱，不同场合可以唱不同的歌。侗族民间口传文学之所以有强大的生命力，首先在于它来自民间，是侗族人民生活经验的总结和情感思想的真实反映。它与侗族的民族性格息息相关，与侗族的民族历史、风俗习惯紧密相连，很多人、很多场合都需要它。其次是侗族民间口传文学的艺术性较强，不论是语言艺术还是音乐艺术都具有鲜明的特征。语言上，有的质朴无华，自然率真，生动形象，能够通过含蓄的语言来表达细腻的思想感情。有的则紧凑凝练、言简意赅，一针见血地揭露事物的本质。在表现手法上，侗族民间口头文学也遵循韵文体文学的规律，灵活地运用了赋、比、兴来达到描写事物特征的目的，朴实的语言中表达褒贬之情。在侗族民间口传歌谣里，还大胆运用想象和夸张的表现技巧，使所要表达的思想感情熠熠生辉。在音乐艺术方面，以歌谣为代表的侗族民间口传文学能利用韵律来使作品本身与音乐旋律自然和谐地结合起来，读起来朗朗上口，唱起来优美动听。侗族民间口传文学的这些特征，使得侗族民间口传文学在相对封闭和简单的侗族社会里具有良好的生存环境。人们愿意使用、容易使用，民族性格、民族习惯又促使人们自然地去运用。正是这些因素，造就了多样性的侗族民间文学体裁和群众喜爱的丰富多彩的文学作品，也形成了一代传一代的自然习惯，并在缤纷多彩的中国民间文学之林占据一席之地。

　　进入新时期，随着人们对民族民间文化的逐步重视，文化保护意识得到进一步增强。国家在民族民间珍贵文化的保护上，有针对性地建立了传承人制度，这对有效保护和传承优秀的民族民间文化具有重要的作用。另一方面，各级文化单位或部门也加大对民间文学资料的收集整理工作,用少数民族语言文字去忠实地记录民间文学资料,以便使这些千百年创造和积累下来的珍贵口头资料得以保存,优秀文化特别是非物质文化得以记录和传承。在这一背景之下,我们本着保护文化的目的组织实施了"侗族口传文学系列"图书资料的收集整理和出版工作。该项目得到基层文化部门的大力支持和帮助,使资料的收集工作进展顺利进行。在民间文学资料的收集整理上,我们以流传于侗族民间歌师手中的汉字记侗音手抄歌本或田野调查所得的录音资料为蓝本,用20世纪50年代国家创制的标准侗族文字进行对照翻译,力求准确和完整地还原资料的原貌。在图书的出版上,经贵州民族出版社报国家新闻出版广电总局和财政部申请"国家民族文字专项资金"立项并获得资助。

在本项目实施过程中,由于时间和地域的限制,在资料收集的面上不能做到面面俱到,资料的种类也不够全面。在资料的翻译过程中,由于对歌谣中的个别古侗语词汇难以吃透,甚至在请教民间歌师后也无法准确翻译,只好以大概意思表达。这可以看出民族民间文化保护的重要性和紧迫性,再不保护,处于弱势的民族民间文化将逐步消失,我国多元文化共存的脆弱局面将会失衡。基于以上原因及组织者的水平所限,在项目实施中难免有遗漏和错误,敬请相关领域的专家学者批评指正。我们期待有更多的侗族民间文学资料能够整理出来,也期盼有更好的侗族民间文学作品面世,以飨广大读者之需,使优秀的侗族民间文化能够传承和发扬光大!

目 录

前言 ··· (1)

Weex Duc Liongc Xongv Jeengh／做对龙共殿 ················· (1)

Beds Siih Kgeis Dongc／八字不合 ··································· (2)

Naih Nyac Laih Dangc Jids Senp／今你选亲成婚 ·············· (4)

Mingh Langc Kgeis Lail／郎命不好 ································· (5)

Naih Nyac Bail Saox Kgags Donc／今你嫁别处 ················ (6)

Deml Nyil Biingc Banx Geel Kuenp／路遇朋友 ················ (7)

Nyaemv Yams Labp Menl／时到黄昏 ······························ (8)

Fut Mux Sangx Daol／父母生咱 ···································· (9)

Jids Nyih Meec Wenp／结不成亲 ·································· (10)

Nyaemv Naih Jaenx Geel Nyangc Jeml／今晚靠近姣 ········· (11)

Naih Nyac Bail Saox Lis Guanl／今你嫁好夫 ··················· (12)

Nyaemv Naih Nyimp Xaop Nyaoh Weep／今晚和你坐夜深 ··· (13)

Naih Yaoc Yanc Gkongp Singc Nyih／今我家无妻室 ········· (15)

Yaoc Yah Bail Xonv Liogp／我就痴痴想 ························ (16)

Mingh Kgeis Xiul Nyangc／命不带你 ····························· (18)

Kgangs Lix Deml Weep／谈话夜深 ······························· (20)

Douv Kgoux Kgeis Jil／饭不想吃 ·································· (22)

Sungp Dungl Yac Daol／我俩话语 ································ (24)

Kgaox Longc Kgeis Guangl／心中不明 ·························· (25)

Meix Lanc Badx Sap/扁担落肩 …………………………… (26)

Naih Nyac Lic Dangc Jids Senp /今你离堂结亲 ………… (27)

Saemp Wox Il Naih /早知这样 ………………………… (28)

Bix Kgongl Yangc Muic Gaos Jenc/像棵山上杨梅 …… (30)

Naih Yaoc Nuv Nyac Juh Singc/今我看你情伴 ……… (31)

Naih Yaoc Aol Meec Lis Juh /今生与你无缘 ………… (32)

Nyaemv Nyimp Juh Nyaoh/夜陪姣坐 ………………… (33)

Baov Nyac Bix Jens Lic Dangc/劝你莫忙离堂 ……… (34)

Baov Nyac Digs Bix Banh/劝你莫担忧 ……………… (35)

Yenc Yil Liemc Xuh Mungl Wap/若是榕树开花 …… (36)

Nyaemv Meenh Touk Wuip/晚晚相守 ………………… (37)

Siik Wangp Liangx Xaih/四处有寨 …………………… (38)

Naih Yaoc Yanc Gkongp Jinc Dangc/今我家无田地 …… (39)

Mingh Lianx Xongs Gkeep/命不如人 ………………… (40)

Nyaemv Daol Nyaoh Weep/咱坐夜深 ………………… (41)

Donh Bix Daengl Binc/干脆莫恋 ……………………… (42)

Banx Nyenc Mingh Lail/别人命好 …………………… (43)

Jodx Naih Bail Lenc/从今往后 ………………………… (45)

Juh Daengh Saox Juh/你和表兄 ……………………… (46)

Saemp Wox Jids Siip Meec Wenp/早知结不成亲 …… (47)

Nyaemv Naih Jaenx Geel Juh Singc/今晚靠近情伴 …… (48)

Qingk Sungp Juh Xangp/听姣话语 …………………… (49)

Kgaenh Juh Duh Dongl/时常想姣 …………………… (50)

Kuenp Gail Siic Dongc/远路同行 …………………… (51)

Menl Guangl Siic Nyaoh/同在世间 ………………………………（53）

Nyac Bail Banx Jav/你嫁他人 …………………………………（54）

Daih Saemh Nyaoh Danl/一生孤单 ……………………………（55）

Bix Duc Bal Naeml Geel Guis/好比溪边鱼儿 …………………（57）

Aol Meix Nangc Jungh Dih/竹笋共地长 ………………………（59）

Banx Jav Lis Mingh Wangc Liongc/别人龙王之命 ……………（61）

Saemp Wox Kgeis Lail/早知不好 ………………………………（62）

Nyangc Nyaoh Yanc Nyangc/妹在家中 ………………………（63）

Daoh Lix Langc Nyangc/男女话语 ……………………………（64）

Map Miac Dongc Yanc Nyaoh/咱俩共屋住 ……………………（66）

Naih Yaoc Heit Yuv Jaeml Xaop/如今邀约你 …………………（67）

Nyinc Jaengl Nguedx Yais/年长月久 …………………………（69）

Yangl Touk Beds Nguedx/待到八月 ……………………………（70）

Jiuv Langc Danl Xenp/独郎单身 ………………………………（71）

Yaoc Kganl Gaiv Juh Dogl Naemx Dal/我因为你掉眼泪 ………（72）

Xenl Xangk Yac Daol Liogc Xebc Laox/真想我俩六十老 ………（73）

Bail Kgoc Jenc Ngeenx Liuih/坡上去流泪 ……………………（74）

Jiul Deenh Gaiv Miiuc Wap/我便讨情言 ………………………（75）

Jungh Lagx Guv Xul Samp Baos/同是古州三宝 ………………（76）

Nuv Nyac Juh Mungl Wap/看你花绽放 ………………………（77）

Duil Kgeis Wenp Naenl/李不结果 ………………………………（78）

Naih Yaoc Langc Jeml Wenp Fut/如今郎金贫穷 ………………（79）

Xic Xic Xangk Lail/时时盼好 …………………………………（80）

Mix Ugs Xenp Xic/未到春时 …………………………………（81）

Naih Yaoc Nas Xik Deenh Gol/今我装笑 …………………… (82)

Kganl Xenp Bens Xenp/回想我郎 ………………………… (83)

Mingh Langc Kgeis Lail/郎命不好 ………………………… (84)

Jiul Xingc Duh Dongl Yangl/我才长叹息 ………………… (85)

Naih Nyac Jenc Kgags Yuih Jenc/如今山岭相依 ………… (86)

Beds Siih Meec Daiv/八字不带 …………………………… (87)

Juh Bix Denh Yuc/鸟儿成双 ……………………………… (88)

Juh Bix Guenv Lac/你是苋菌 ……………………………… (89)

Xonv Map Yuc Yangh Menl/只能任由天 ………………… (90)

Xaop Xingc Jids Wongp Juh/你才成双对 ………………… (91)

Xingc Kgags Douv Yaoc Liuih Wenp Wenp/各自丢我眼泪流 …… (92)

Map Touk Mangv Naih Weex Nyenc/来到阳间做人 …… (93)

Xah Yaot Miodx Dangc/怕过青春 ………………………… (94)

Xangk Touk Kgaox Jiuc Senl Daol/想到我们村里 ……… (95)

Janl Yaoc Seik Biaenl Maenl Seik Xangk/白天想来夜晚梦 …… (96)

Ebl Yaoc Xuip Wap/我说巧语 …………………………… (97)

Weex Duc Liongc Jungh Kganl/做对龙共江 …………… (98)

Dah Kgoc Xenp Xic Miac Duil/春天栽李 ……………… (99)

Meix Yaoc Miac Weep/我树载迟 ………………………… (100)

Yangc Kgeengl Liangp Mih/阳间空想 …………………… (101)

Naih Nyac Miix Kgags Lis Dangc/如今鱼儿有塘 ……… (102)

Douv Nyil Buh Lamc Langc/只会忘了郎 ……………… (103)

Miegs Nup Sais Guangl/哪位姑娘心中明亮 …………… (104)

Xedt Xih Nyebc Jenl Yanc/都已成了家 ………………… (105)

Bix Duc Bal Liimc Lagx Saot/像那水中鱼儿 ………………（106）

Haik Yaoc Langc Dos Dal/害我郎盼望 …………………（107）

Duil Kgeis Wenp Naenl/李不结果 ………………………（108）

Jiul Xingc Mingh Kgeis Daiv/命中不带 …………………（109）

Kgags Map Yangl Dos Mingh/只能怪命运 ………………（110）

Jungh Jiuc Luh Jav Map/共那路来行 …………………（111）

Menl Baov Menl Pangp/天说天高 ………………………（112）

Meenh Kgaenh Duc Liimc/心恋鲢鱼 ……………………（113）

Sags Nyil Kgongl Jungh Dih/共那地干活 ………………（114）

Naih Yaoc Aol Meec Lis Nyac/如今难娶你………………（115）

Naih Yaoc Samp Jaeml Siik Jaeml/今我三邀四约 ………（116）

Xongs Nyil Nyanl Buih Jenc/像那月落西 ………………（117）

Banx Buh Baov Yaoc Lis Lonh Nal/别人说我忧愁多………（118）

Xais Nyac Lail Xongl Kap/请你好好听 …………………（119）

Naih Yaoc Lebc Daengl Genh Genh/今我一一诉说 ………（120）

Naih Yaoc Biingx Nyinc Nyih Jus/如今年满二九 ………（121）

Aol Nyil Kgongl Jungh Jenc/活路一起干………………（122）

Gkait Jiul Langc Danl Xenp/害我郎单身 ………………（123）

Wangx Xangk Xongs Jenl/盼望如人 ……………………（124）

Wenp Duc Nyenc Dah Saemh/人已过青春 ………………（125）

Kgaox Longc Langc Liangp/郎心喜欢 …………………（126）

Weex Duc Yiuh Binc Biac/做只鸟恋窝 …………………（127）

Naih Nyac Bail Saox Kgags Donc/如今你嫁他乡 ………（128）

Xongs Meix Gas Mant Wangc/像那秧枯黄 ………………（129）

Naih Nyac Loux Yaoc/今你哄我 …………………………………（130）

Weex Duc Wangc Sut Nyimp Nyanl/像那王述伴月 ……………（131）

Aol Weex Saemh Kgaiv Yaenl/一直到鸡叫 ……………………（132）

Yangh Daol Mads Lianx Daengl Xongp/假若从不相识 ………（133）

Dengv Nas Kgeis Gkeip/愁眉苦脸 ……………………………（134）

Juh Mix Nyebc Siip/姣未出嫁 …………………………………（136）

Sungp Dungl Langc Nyangc/我俩话语 ………………………（137）

Bix Nyil Bagl Sot Nyeemh Xic/像那锁套钥匙 ………………（138）

Xonv Map Ngeenx Liuih Liangc/各自眼泪流 ………………（139）

Nyimp Jiul Langc Jids Nyih/和我郎结情 ……………………（140）

Ngeenx Xongl Daengl Nuv/两眼相望 …………………………（141）

Xik Maenl Yaoc Liangp Kgeis Touk Juh/天天想姣难见面 ………（142）

Nyinc Nyinc Il Kgaov/年年如此 ………………………………（143）

Xaop Xingc Bail Daengh Duih/你会嫁他人 …………………（144）

Mangc Kgeis Saemp Deil/何不早死 …………………………（145）

Nuv Nyac Baov Map /若你愿嫁 ………………………………（146）

Jiul Buh Kgeis Aol Maoh/我也不娶她 ………………………（147）

Xedt Xih Nyebc Jenl Yanc/全都已成亲 ………………………（148）

后记 …………………………………………………………（149）

Weex Duc Liongc Xongv Jeengh
做对龙共殿

Nyac bail saox nyac 牙 败 少 牙 你 嫁 夫 你 你嫁表兄

il bix liemc xuh wenp kgongl 义 俾 林 休 份 共 好 比 榕 树 成 株 像那榕树相连

nyac kgags nyimp maoh 牙 康 吝 猫 你 各 跟 他 你自和他

weex duc liongc xongv jeenh, 也 独 龙 兄 间 做 条 共 殿 龙 成对龙共殿，

Naih yaoc sais meenh xangk xaop 奶 尧 哉 焉 想 孝 今 我 心 仍 想 你 今我心中思恋

jiul buh nanc xangk wenp. 旧 不 难 想 份 我 也 难 想 成 结果也难圆。

Beds Siih Kgeis Dongc

八字不合

Nyaemv yaoc daengh xaop 吝　尧　当　孝 晚　上　跟　你	晚上和你
maix banx nyaoh weep 买　板　鸟　或 情　伴　坐　夜	情伴坐夜
kgangs nyil xebc bags 康　呢　许　巴 讲　些　十　句	叙说夜话
daoh lix sungp lail 刀　吕　送　赖 说　语　话　好	甜言蜜语
yaoc yah xenl xangk 尧　丫　正　想 我　也　真　想	我也真想
bail kgoc lenc daengl lis, 败　各　伦　荡　雷 往　里　后　相　有	最后结情缘，
Naih yaoc xiut yenv 奶　尧　蓄　应 今　我　只　怪	今我只怪
beds siih kgeis dongc 八　虽　改　同 八　字　不　同	八字不合

gkait jiul langc meenh yangl. 害我郎叹息。
唉 旧 郎 焉 样
害 我 郎 常 叹

Daengh juh nyaoh weep 同姣坐夜
当 丘 鸟 或
跟 姣 坐 夜

jiul siip wox meec lis, 已知没结果，
旧 岁 五 没 雷
我 就 知 没 有

Naih nyac qingk sungp laox baov 今听老人话语
奶 牙 听 送 老 报
今 你 听 话 老人 说

xik nyac juh buh denl. 你就退情缘。
细 牙 丘 不 邓
那 你 姣 也 退

Naih Nyac Laih Dangc Jids Senp
今你选亲成婚

Naih nyac laih dangc jids senp 奶 牙 来 堂 及 寸 今 你 选 堂 结 亲	你选人结情
xaop buh kgags bail 孝 不 康 败 你 也 各 去	你也各去
semh nyil saox nyenc mags, 生 呢 少 宁 麻 找 那 好 丈 夫	寻找好丈夫，
Begs yaoc kgaox sais meenh luh 百 尧 考 哉 焉 路 虽 我 心 里 常 想	即使我心再恋
laox juh kgaox yanc 老 丘 考 然 老 人 你 中 家	你家老人
baov jiul langc naih weex duc nyenc kgags senl. 报 旧 郎 奶 也 独 宁 康 正 讲 我 郎 这 做 个 人 另 村	也讲我是别村人。

Mingh Langc Kgeis Lail
郎命不好

Mingh langc kgeis lail　　　　　　　　　郎命不好
命　郎　该　赖
郎　命　不　好

jiul siip lis jiuc sais meenh xangk,　　　有颗相思心，
旧　岁　雷　条　哉　焉　想
我　就　有　颗　心　常　想

Jodx naih bail lenc,　　　　　　　　　从今以后，
却　奶　败　伦
从　今　往　后

Nyac kgags nyimp nyil　　　　　　　　你各和你
牙　康　吝　呢
你　各　跟　你

saox nyac kgaox yanc　　　　　　　　家里表亲
少　纳　考　然
夫　你　里　家

sags kgongl jungh bianv　　　　　　　同地干活
杀　共　今　便
干　活　同　田野

xaop eengv xangk jiul mangc.　　　　　哪会想到往日情。
孝　彦　想　旧　忙
你　哪　想　我　什么

Naih Nyac Bail Saox Kgags Donc
今你嫁别处

Naih nyac bail saox kgags donc 奶 牙 败 少 康 团 今 你 去 夫 别 处	今你嫁别处
il yangh yonc laengh douv yeep 义 央 荣 浪 斗 夜 像 那 铅 离 丢 网	像那网脚离网
nyac kgags nyimp lagx gkeep weex guv, 牙 康 吝 腊 格 也 够 你 自 和 他 结 成 对	你自和他成双对，
Sagt mangc qamt touk geel naih 杀 忙 甲 斗 格 奶 若 是 走 到 这 里	若是到这地步
gobs map nyimp nyil kgul juc wuic wah 各 吗 吝 呢 故 求 为 哇 只 来 跟 些 姑 舅 诉 说	只有去和姑舅说
xingc kgags wangk nyil dangc wungh daol. 行 康 放 呢 堂 污 到 各 自 弃 那 月 堂 咱	忍痛放弃咱情堂。

Deml Nyil Biingc Banx Geel Kuenp
路遇朋友

Maenl yaoc bail jenc　　　　　　　　白天干活
闷 尧 败 岑
天 我 去 坡

deml nyil biingc banx geel kuenp　　　路遇朋友
邓 呢 平 板 格 困
遇 到 朋 友 边 路

deenh weex nas gol　　　　　　　　　笑容满面
颠 也 纳 个
装 作 笑 脸

jiul siip daengh banx wah,　　　　　　我便当面讲,
旧 岁 当 板 哇
我 就 跟 友 讲

Dah lieeux nas banx　　　　　　　　转眼过后
他 了 纳 板
过 了 面 友

yaoc yah xenl xangk　　　　　　　　我也真想
尧 不 正 想
我 也 真 想

bail kgoc liaemt jenc nyebc fuh　　　　暗自成婚
败 各 林 岑 纽 夫
去 那 背 山 成 亲

buh meec nuv nyac juh xebc wenp.　　不见你姣面。
不 没 怒 牙 丘 喜 份
也 不 见 你 姣 十 分

Nyaemv Yams Labp Menl
时到黄昏

Nyaemv yams labp menl
 吝 央 论 闷
 晚 时 昏 天

dengv menl sup suc
 邓 闷 受 述
 黑 天 沉 沉

jiul deenh nyimp xaop
 旧 颠 吝 孝
 我 便 跟 你

maix banx nyaoh,
 买 板 鸟
 妻 伴 坐

Naih mangc douv yaoc
 奶 忙 斗 尧
 今 何 丢 我

nyaemv nyaemv xut juh
 吝 吝 畜 丘
 晚 晚 守 姣

jiul deenh gaiv lemc gul.
 旧 颠 介 伦 故
 我 便 讨 风 吹

时到黄昏

天黑沉沉

我和姣娘

同坐月堂,

今何让我

晚晚相守

受风遭霜。

Fut Mux Sangx Daol
父母生咱

Fut mux sangx daol
服 母 长 到
父 母 生 咱

jiml dal nuv xaop lail xonc xuh,
尽 大 怒 孝 赖 传 休
睁 眼 看 你 好 完 美

Begs jiul langc naih
百 旧 郎 奶
即 使 郎 我

saemp siit laos muh
胜 谁 劳 墓
早 死 进 墓

buh meec nuv nyac juh xebx wenp.
不 没 怒 牙 丘 喜 份
也 不 见 你 姣 十 分

父母生咱

你姣美好，

哪怕我郎

早死进坟

也不见姣面。

Jids Nyih Meec Wenp
结不成亲

Yangl touk siik nguedx sank yangl xebt jinc 样 到 岁 眼 善 样 血 田 待 到 四 月 散 秧 插 田	四月插秧
banx jav lis nyac 板 架 雷 牙 朋 友 有 你	朋友得你
xait dagl jinc dangc 血 大 田 堂 踩 遍 田 塘	脚踩田塘
maoh xingc lis xaop 猫 行 雷 孝 他 才 有 你	他才有你
aol nyil sangp dos dih， 要 呢 上 多 堆 把 那 根 插 地	把根插下土，
Naih mangc douv yaoc 奶 忙 斗 尧 今 何 丢 我	今何丢我
jids nyih meec wenp 及 宜 没 份 结 亲 不 成	结情不成
xah map xongs nyil kangp sabx bienl. 虾 吗 兄 呢 抗 耍 并 就 来 像 那 阳 光 和 雨	像那晴转阴。

Nyaemv Naih Jaenx Geel Nyangc Jeml
今晚靠近姣

Nyaemv naih jaenx geel nyangc jeml 吝　奶　井　格　娘　尽 今　晚　靠　近　金　娘	今晚靠近姣
kgangs nyil lix biingc dih, 康　呢　吕　平　堆 讲　些　话　平　静	讲些平常话，
Jodx naih bail lenc 却　奶　败　伦 从　今　往　后	从今往后
seik nuv juh daengh saox juh 岁　怒　丘　当　少　丘 细　看　你　跟　夫　你	细看你与情伴
weex nyil dags kgags nyeemh kgaol 也　呢　达　康　研　告 像　那　布　自　恋　箔	如那青纱拴箔
naengl jiul langc naih 嫩　旧　郎　奶 剩　我　郎　这	剩下我郎
wox bail nup semh xaop. 五　败　怒　生　孝 知　去　哪　找　你	何处寻姣情。

Naih Nyac Bail Saox Lis Guanl
今你嫁好夫

Naih nyac bail saox lis guanl 奶　牙　败　少　雷　惯 今　你　嫁　夫　有　名	今你嫁好夫
xaop xingc nanl senl dih, 孝　行　难　正　堆 你　才　振　村　地方	名扬地方，
Jodx naih bail lenc 却　奶　败　伦 从　今　往　后	从今往后
seik nuv juh daengh saox juh 岁　怒　丘　当　少　丘 细　看　姣　跟　夫　姣	姣与情伴
weex guv seit meix meeuc xih 也　故　才　美　毛　西 像　对　雄　雌　野　鸡	像那雌雄野鸡
daih yunv wenp wongp 呆　应　份　凤 突　然　成　对	一旦成双
xaop xingc dongc qak pangp. 孝　行　同　架　胖 你俩　就　同　上　高	你俩同飞翔。

情恨姑表

12

Nyaemv Naih Nyimp Xaop Nyaoh Weep
今晚和你坐夜深

Nyaemv yaoc nyimp xaop　　　　　　　　晚上和你
　吝　尧　吝　孝
　晚　我　和　你

maix banx nyaoh weep　　　　　　　　　情伴坐夜
　买　板　鸟　或
　情　伴　坐　夜

kgangs nyil xebc bags　　　　　　　　　叙说夜话
　康　呢　喜　巴
　讲　些　十　句

daoh lix sungp lail　　　　　　　　　　甜言蜜语
　刀　吕　送　赖
　说　话　语　好

aol weex lamc meix lonh，　　　　　　 无忧无虑，
　奥　也　兰　美　乱
　那　才　忘　件　愁

Jodx naih bail lenc　　　　　　　　　　从今往后
　却　奶　败　伦
　从　今　往　后

nyac nuv gal daemh miegs nuc geel nup　剩哪位姑娘
　牙　怒　架　登　乜　奴　格　怒
　你　看　剩　下　姑　娘　谁　边　哪

danl xenp nyaoh jiuv　　　　　　　　　单身孤坐
　但　信　鸟　旧
　单　身　坐　孤

13

jiul deenh nyimp maoh
旧　单　吝　猫
我　便　跟　她

weex guv liongc jungh kgangl.
也　故　龙　今　扛
做　对　龙　共　江

我便和她

做对同江龙。

Naih Yaoc Yanc Gkongp Singc Nyih
今我家无妻室

Qingk jiuc senl naih aol maix bail saox　　　别人嫁娶
听　条　正　奶　奥　买　败　少
听　条　村　这　要　妻　去　夫

jiul yah aol lianx lis,　　　　　　　　　　　我却孤一人，
旧　丫　奥　两　雷
我　就　娶　没　得

Naih yaoc yanc gkongp singc nyih　　　　　　家中无妻
奶　尧　然　空　成　宜
今　我　家　无　妻　室

jiul xingc suiv dih yangl.　　　　　　　　　我常空叹息。
旧　行　瑞　堆　样
我　才　坐　地　叹

情恨姑表

Yaoc Yah Bail Xonv Liogp
我就痴痴想

Maenl yaoc bail jenc 白天干活
闷 尧 败 岑
天 我 去 坡

nuv kgeis lis nyac 没见你姣
怒 该 雷 牙
看 没 有 你

juh lagx nyenc lail dah kgunv 情伴前行
丘 腊 宁 赖 他 惯
美 好 情 伴 在 前

yaoc yah bail xonv liogp, 我就痴痴想，
尧 丫 败 转 略
我 就 来 回 奇怪

Nyaemv yaoc songc jenc map yanc 晚上回家
吝 尧 从 岑 骂 然
傍晚 我 从 坡 回 家

qamt kgoc dangc ogl samp gonh 绕堂三圈
甲 各 堂 过 散 官
走 在 堂屋 三 圈

nuv juh bail gkeep 见你嫁人
怒 丘 败 借
见 你 去 他

douv yaoc gkaenp nyil 茶饭不思
到 尧 更 呢
丢 我 咽 那

bags kgoux kgeis luih
 巴 苟 该 追
 口 饭 不 下

xah map xongs nyil kgoux nogl senc.
就 来 像 那 饭 喂 牛

吞咽不下

就像喂牛吃。

Mingh Kgeis Xiul Nyangc
命不带你

Fut mux sangx langc 父母生郎
服 母 赏 郎
父 母 生 郎

mingh kgeis xiul nyangc 命不带你
命 开 秀 娘
命 不 带 娘

kgags map guaiv jiuc mingh naih ees, 怪我郎命苦,
康 吗 怪 条 命 奶 而
自 来 怪 条 命 这 苦

Kgunv yaoc songc kgoc 情伴我郎
贯 尧 从 各
当初 我 从 那

mangv xees yaoc map 左边而来
慢 血 尧 骂
边 左 而 来

yaoc buh kgeis xangk 我也不想
尧 不 改 想
我 也 不 想

touk kgoc mangv wap yaoc lonh, 来到右边悲,
到 各 慢 化 尧 乱
到 那 边 右 我 乱

Saemp wox il naih 早知如此
寸 五 义 奶
早 知 这 样

jiul buh fut yongh nyaoh weex nyenc.
旧 不 服 用 鸟 也 宁
我 也 不 用 在 做 人

何苦出阳世。

Kgangs Lix Deml Weep
谈话夜深

Maenl yaoc bail jenc 白天上山
闷　尧　败　岑
天　我　去　坡

dah kgoc liaemt jenc xuip gul 林中吹哨
他　各　林　岑　秀　故
从　那　山　后　吹　哨

lieenc map lis jiuc mingh sonk fut, 叹我郎命苦，
连　吗　雷　条　命　算　服
就　来　有　条　命　算　穷

Kgunv yaoc wenx buh 过去曾经
贯　尧　稳　不
前　我　总　是

nyimp nyil miegs nouc miegs jav 姑娘丛中
峇　呢　乜　奴　乜　架
跟　着　姑娘　谁　姑娘　那

kgangs lix deml weep 夜话情深
康　吕　邓　或
讲　话　夜　深

naih mangc siip map meec daengl lis, 如今为何难结情，
奶　忙　岁　骂　没　荡　雷
今　何　又　来　不　相　得

Naih mangc douv yaoc 今何丢我
奶　忙　斗　尧
今　何　丢　我

nyenc fut xebc xonh   人穷命苦
　宁　服　喜　专
　人　穷　命　苦

longc kgeis wox xonk   心不会算
　龙　改　五　算
　心　不　会　算

kgags map dangv jiul langc lonh yenc.   让我多忧愁。
　康　骂　荡　旧　郎　乱　艮
　自　来　折磨　我　郎　乱　多

Douv Kgoux Kgeis Jil
饭不想吃

Laox yaoc guav yaoc 老　尧　挂　尧 老人 我 骂 我	老人骂我
lagx naih sais ees duc mangc 腊　奶　哉　而　独　忙 孩子 这 心肠 傻 什 么	痴心乱想
douv kgoux kgeis jil 到　苟　该　记 饭　也　不　吃	茶饭不思
idx yangh xal xenp 已　央　虾　信 引 棉被 盖 身	拉被盖身
xah wox wenp nyenc ees, 虾　五　分　宁　而 就 会 成 痴 呆	只怕成痴呆，
Kgunv yaoc wenx buh 贯　尧　稳　不 前 我 总 是	过去曾经
nyimp nyil miegs nuc miegs jav 吝　呢　乜　奴　乜　架 跟 些 姑娘 谁 姑娘 那	那些姑娘
kgangs lix daengl aol 康　吕　荡　奥 讲 话 相 娶	花前月下

naih mangc siip map meec daengl lis, 今何难结情，
奶　忙　岁　骂　没　荡　雷
今　何　又　来　不　相　成

Naih mangc douv yaoc 今何让我
奶　忙　斗　尧
今　何　丢　我

gkaenp bags kgoux kgeis dah nyenh 饭难下咽
更　巴　苟　改　他　音
咽　口　饭　不　下　喉

jiul xingc yah　bail jenc. 空肚去干活。
旧　行　丫　败　岑
我　就　这样　去　坡

情恨姑表

Sungp Dungl Yac Daol
我俩话语

Sungp dungl yac daol 送 洞 牙 到 话 语 俩 我	我俩话语
kgeis wox xaop nyenc singc juh xangp 该 五 孝 宁 神 丘 向 不 知 你 姣 情 伴 侣	不知情伴
deic bail jenc jemh nup mogl 台 败 岑 今 怒 孟 拿 去 哪 山 冲 埋	丢弃山中
yaoc yah gaiv nyac liogp suc senh, 尧 丫 界 牙 略 术 生 我 就 因 你 傻 呆 站	我因为你心肠乱，
Naih yaoc wox nup naengc juh 奶 尧 五 怒 能 丘 今 我 知 怎样 看 你	今我不知如何
aol weex monx saemh nyenc. 奥 也 满 生 宁 那 才 过 一 生	才能过一生。

Kgaox Longc Kgeis Guangl
心中不明

Maenl yaoc bail jenc 闷 尧 败 岑 有天 我 去 坡	白天上山
qingk nyil lemc xuip ngaoc xuh 听 呢 伦 秀 傲 休 听 那 风 吹 树 木	风吹树木
yaoc siip nyenh nyac juh wenp ees， 尧 岁 音 牙 丘 份 而 我 又 想 你 成 痴 呆	我又想你成痴呆，
Naih mangc douv yaoc 奶 忙 斗 尧 今 何 丢 我	今何丢我
nees xil kgags sonk 叶 细 康 算 哭 着 自 算	独自悲伤
kgaox longc kgeis guangl 考 龙 改 逛 里 心 不 明	心中不明
jiul kgags bail kgoc xangc semh xenp． 旧 康 败 各 床 生 信 我 自 去 那 床 边 靠	自去床边靠。

25

Meix Lanc Badx Sap
扁担落肩

Maenl yaoc bail jenc 闷 尧 败 岑 天 我 去 坡	上山干活
meix lanc badx sap 美 兰 把 啥 扁 担 落 肩	扁担落肩
jiul yah bail kgoc dinl das senh, 旧 呀 败 各 邓 达 生 我 自 去 那 坡 脚 站	我又去那山脚站，
Nyenh touk gol guanl nyac nyangc 音 斗 个 惯 牙 娘 想 到 你 姣 名 字	想到姣娘名字
dos lagx dinl pangp jangs taemk 多 腊 邓 胖 江 邓 放 那 脚 步 高 低	脚步高低凌乱
yaoc kganl gaiv juh 尧 谏 介 丘 我 就 因 你	我因为你
yemv jiuc soh banv kuenp. 应 条 梭 办 困 失 条 命 半 路	丧命半途中。

Naih Nyac Lic Dangc Jids Senp
今你离堂结亲

Naih nyac lic dangc jids senp　　　　今你离堂结亲
奶　牙　雷　堂　及　胜
今　你　离　堂　结　亲

xaop xingc lamc meix lonh,　　　　你心中无忧愁，
孝　行　兰　美　乱
你　自　忘　件　愁

Naengl jiul langc naih　　　　剩下我郎
嫩　　旧　郎　奶
剩　　我　郎　这

lis lonh meec gol　　　　郁郁寡欢
雷　乱　没　过
有　愁　不　笑

dangl duc nyenc daol　　　　好像人们
荡　独　宁　到
好　像　人　们

yaeml jigs lol dav sal.　　　　沉那浪中船。
应　及　罗　大　乍
沉　只　船　中　滩

Saemp Wox Il Naih
早知这样

Saemp wox il naih 早知这样
胜 五 义 奶
早 知 这 样

mads bix wenp nyenc 愿不成人
麻 俾 份 宁
切 莫 成 人

haengt xut mangv yeml 守在阴间
行 畜 慢 应
愿 守 阴 边

dal meec nuv juh 眼不见妹
大 没 怒 丘
眼 不 见 姣

xangx jux mas jiuc sais， 那我心也甘，
向 九 麻 条 哉
那 也 软 条 肠

Naih yaoc xangk touk 如今想到
奶 尧 想 斗
今 我 想 到

nyanl maenl naih yais 岁月长久
念 闷 奶 哉
慢 长 岁 月

mingh langc kgeis xiul 郎命不旺
郎 命 该 秀
命 郎 不 带

gkait map jiul dah wap. 才　吗　旧　他　化 害　来　我　过　花	花季已过时。
Naih yaoc kganl sint maix jenl 奶　尧　按　神　买　尽 今　我　便　叫　妻子　别人	今我把别人情伴
deic map qik maix bens， 台　吗　去　买　崩 拿　来　替　妻　本身	当成己妻，
Jodx naih bail lenc 却　奶　败　伦 从　今　往　后	从今往后
seik nuv juh daengh saox juh 岁　怒　丘　当　少　丘 细　看　你　和　夫　你	情伴与夫
suit nyil xongc xenp lianp lianp 谁　呢　雄　信　亮　亮 打　扮　一　身　漂　亮	身着华服
naengl jiul langc naih 嫩　旧　郎　奶 剩　我　郎　这	剩下我郎
kgags map dangv saemh nyenc. 康　吗　荡　生　宁 自　来　折磨　辈　人	折磨终生。

情恨姑表

Bix Kgongl Yangc Muic Gaos Jenc
像棵山上杨梅

Seik nuv juh jiul 岁　怒　丘　旧 细　看　姣　我	情姣我伴
bix kgongl yangc muic gaos jenc 俾　共　杨　梅　高　岑 像　棵　杨　梅　高　坡	好比高山杨梅
begs kgeis mungl wap 百　该　孟　化 虽　不　开　花	虽不开花
xaop xingc xogc kgav kgaemv, 孝　行　学　康　更 你　各　熟　枝　青	你倒早成熟,
Naih mangc douv yaoc 奶　忙　斗　尧 今　何　丢　我	今何丢我
nyaemv nyaemv xut juh 吝　吝　畜　丘 晚　晚　守　姣	晚晚相守
kgeis wox bail kgoc buh nup wenp. 该　五　败　各　不　怒　份 不　知　等　到　时　何　成	不知何时才结果。

Naih Yaoc Nuv Nyac Juh Singc
今我看你情伴

Nyenc daol magl meix wenp banc　　　　人们砍树开路
宁　到　骂　美　份　盘
人　们　砍　树　成　路

kgeis wox nyac lamc xil nyac nyenh,　　不知你还记得不,
该　五　牙　兰　细　牙　音
不　知　你　忘　还　是　记

Naih yaoc nuv nyac　　　　　　　　　今我看你
奶　尧　怒　牙
今　我　看　你

jids duc nyenc yanc singc nyih　　　　　结那姑表情谊
及　独　宁　然　成　宜
结　个　人　家　情　侣

yaoc yah gaiv nyac suiv kgeis jenc.　　　我因为你心不安。
尧　丫　介　牙　瑞　该　岑
我　就　因　你　坐　不　起

Naih Yaoc Aol Meec Lis Juh
今生与你无缘

Yac daol banl miegs 牙 到 办 乜 咱 俩 男 女	我俩男女
laengx kgangs kgeis wenp 朗 康 该 份 就 谈 不 成	情缘难结
bail kgoc lenc pieek fuh, 败 各 伦 别 夫 去 那 后 离 夫	最后分离，
Naih yaoc aol meec lis juh 奶 尧 奥 没 雷 丘 今 我 娶 不 得 姣	今我娶不得你
kgags map yangl sabt yangl. 康 吗 样 色 样 自 来 叹 接 叹	只有自叹息。

Nyaemv Nyimp Juh Nyaoh
夜陪姣坐

Seik nuv juh jiul　　　　　　　　　　眼看姣友
岁　怒　丘　旧
细　看　我　姣

bix kgongl yangc muic gaos jenc　　　像那坡上杨梅
俾　共　杨　梅　高　岑
像　棵　高　坡　杨　梅

begs kgeis mungl wap　　　　　　　　虽不开花
百　该　孟　化
虽　不　开　花

xaop buh kgags bail　　　　　　　　　你也自去
孝　不　康　败
你　也　自　去

wenp nyil naenl dees bav,　　　　　　结那叶下果，
份　呢　嫩　得　罢
结　那　果　下　叶

Naengl jiul langc naih　　　　　　　　剩下我郎
嫩　旧　郎　奶
剩　我　这　郎

nyaemv nyimp juh nyaoh　　　　　　　夜陪姣坐
吝　应　丘　鸟
晚　跟　姣　坐

gobs map dos jiuc daoh lix xanp.　　　只是说些表面话。
各　吗　多　条　刀　吕　散
只　来　说　些　话　语　回答

33

Baov Nyac Bix Jens Lic Dangc
劝你莫忙离堂

Naih nyac miegs lis xebc wenp 奶　牙　乜　雷　喜　份 今　你　姑娘　有　十　分	你姣美好十分
baov nyac bix jens lic dangc 报　牙　俾　今　雷　堂 劝　你　别　急　离　堂	劝你莫慌离堂
map miac kgangs jiuc lix bail xonv， 吗　麻　康　条　吕　败　转 来　俩　说　些　来　往　话	来咱把话讲，
Mus nyac weex duc 目　牙　也　独 日后　你　做　只	日后你做那
yiuh weengc samp tonk 优　文　善　断 鹞　文　三　蜕	脱毛的文鹞
xaop xingc bens kgoc dees menl sup. 孝　行　奔　各　得　闷　受 你　自　飞　在　下　天　蓝	你俩飞在蓝天上。

Baov Nyac Digs Bix Banh
劝你莫担忧

Yac daol banl miegs 牙 到 办 乜 俩 咱 男 女	我俩男女
xut kgoc dangc ungh deml weep 畜 各 堂 污 邓 或 守 那 月 堂 夜 深	相守月堂
baov nyac digs bix 报 牙 堆 俾 劝 你 切 莫	劝你不要
bail kgoc weep xic banh, 败 各 或 昔 班 去 那 后 时 悲	后来有异心,
Naih nyac weex duc 奶 牙 也 独 今 你 做 条	今你做条
bal liangs dav sanh 罢 良 大 山 鱼 游 江 中	鱼在江中
mangc kgeis saip jiul langc naih 忙 该 赛 旧 郎 奶 怎 不 让 我 郎 这	何不让郎
nuv il dal. 怒 义 大 看 一 眼	见一眼。

Yenc Yil Liemc Xuh Mungl Wap
若是榕树开花

Yangh yaoc lis duc nyenc yanc
央　尧　雷　独　宁　然
若　我　有　个　人　家

jiul buh nanc touk jaenx,
旧　不　难　到　锦
我　也　难　靠　近

Yenc il liemc xuh mungl wap
艮　义　林　休　孟　化
若　是　榕　树　开　花

jav jiul langc lis benh,
架　旧　郎　雷　奔
那　我　郎　有　份

Yenc il liogc nguedx jids kguv
艮　义　略　月　及　固
若　是　六　月　结　冰

jav xih daiv duc nyenc juh singc.
架　西　代　独　宁　丘　神
那　才　带　个　人　情　伴

如果我有情伴

我也难靠近，

若是榕树开花

那我郎有份，

若是六月结冰

那才带得你姣情。

Nyaemv Meenh Touk Wuip
晚晚相守

Begs jiul langc jeml	哪怕郎金
百　旧　郎　定	
再　我　郎　金	
nyaemv meenh touk wuip	晚晚相守
吝　　焉　到　会	
晚　常　到　玩	
xaop xingc baov jiul langc naih	你也说我
孝　行　报　旧　郎　奶	
你　也　说　我　郎　这	
weex nyil duil dees bav,	像那叶下果，
也　呢　对　得　罢	
做　那　李　下　叶	
Nyaemv nyimp juh wah	深夜话语
吝　　吝　丘　哇	
晚　　跟　姣　讲	
songc maoh wenp jenh mangc.	任他成哪样。
从　猫　份　今　忙	
任　它　成　哪　样	

Siik Wangp Liangx Xaih
四处有寨

Siik wangp liangx xaih 岁　放　两　栽 四　方　村　寨	四处有寨
xik jiul langc deenh qamt, 细　旧　郎　单　甲 那　我　郎　随便　走	我郎随便走，
Dangc gams daol nyaoh 堂　干　到　鸟 咱　鱼　塘　还在	咱鱼塘还在
nyac kgags saip lagx banx jav 牙　康　帅　腊　板　架 你　自　让　朋　友　那	你却让那朋友
deic bail sangx lol siic. 台　败　赏　洛　昔 拿　去　养　船　鹭鸶	拿去喂鹭鸶。

Naih Yaoc Yanc Gkongp Jinc Dangc
今我家无田地

Naih yoac yanc gkongp jinc dangc
奶 尧 然 空 田 堂
今 我 家 无 田 地

nanc map daiv xaop nyangc jids nyih,
难 吗 代 孝 娘 及 宜
难 来 带 你 姣 结 亲

Naih nyac weex kgongl
奶 牙 也 共
今 你 做 棵

wap miinc kgaox dih
化 棉 大 堆
花 棉 里 地

nyac kgags saip lagx banx jav xup.
牙 康 赛 腊 板 架 秀
你 自 让 给 他 那 收

今我家无田地

难得带你姣成双，

你姣做棵

地上棉花

你各让给别人摘。

Mingh Lianx Xongs Gkeep
命不如人

Liogc xebc nyinc xongl 略　喜　年　兄 六　十　年　中	人生六十
bens baov aol map daol siic sonk, 本　报　奥　吗　到　随　算 本　说　要　来　俩　同　算	本说我俩在一起，
Xangk touk bens xenp jiul langc 想　斗　本　信　旧　郎 想　到　本　身　我　郎	回想郎的一生
mingh lianx xongs gkeep 命　两　兄　借 命　不　如　人	命不如人
nyaemv naih kguv map geel juh yangl. 吝　奶　故　吗　借　丘　样 晚　今　特　来　边　姣　叹	特意到你身边叹。

Nyaemv Daol Nyaoh Weep
咱坐夜深

Nyaemv daol nyaoh weep　　　　　　　月堂夜深
　旮　到　鸟　或
　晚　俩　坐　夜深

kgangs nyil xebc bags　　　　　　　　情意绵绵
　康　呢　喜　巴
　说　些　十　句

daoh lix sungp lail　　　　　　　　　甜言蜜语
　刀　吕　宋　赖
　花　言　语　好

yaoc siip nuv nyac juh xangk laengh,　我却看你姣想跑,
　尧　岁　怒　牙　丢　想　浪
　我　就　看　你　姣　想　跑

Naih nyac suic sungp laox liangc　　　你从顺老人
　奶　牙　随　送　老　良
　今　你　听　话　老　说

lionc dangc wenp jenh　　　　　　　　受命成亲
　传　堂　份　今
　相　约　成　亲

xingc kgags douv yaoc gas weep maenl.　让我郎金过花季。
　行　康　斗　尧　卡　或　闷
　各　自　丢　我　等　迟　天

Donh Bix Daengl Binc
干脆莫恋

Saemp wox il naih　　　　　　　　　　早知这样
　胜　五　义　奶
　早　知　这　样

donh bix daengl binc　　　　　　　　　干脆莫恋
　端　俾　荡　彭
　从　莫　相　恋

jav jiul yuns qingk qak,　　　　　　　我还少忧愁,
　架　旧　优　听　怕
　那　我　少　觉得悲伤

Nyac bail banx jav　　　　　　　　　　你嫁他人
　牙　败　板　架
　你　嫁　他　人

dah kgaox semp xongl qingk haot　　　感觉良好
　他　各　寸　兄　听　毫
　从　那　心　中　觉　好

xongs duc liongc kgaox maengl.　　　 像那水中龙。
　兄　独　龙　考　孟
　像　条　龙　里　潭

Banx Nyenc Mingh Lail
别人命好

Banx nyenc mingh lail　　　　　　　　朋友命好
板　宁　命　赖
朋　友　命　好

maoh xingc lis nyac　　　　　　　　　他有情伴
猫　行　雷　牙
他　才　得　你

qamt kgoc xuds daeml dangc yav　　　田塘地角
甲　各　畜　邓　堂　亚
走　在　角　塘　丘　田

suiv dih daos yeenl　　　　　　　　　坐地抽烟
瑞　堆　刀　彦
坐　地　抽　烟

xah wox banx lail sais,　　　　　　　心情舒畅，
虾　五　板　赖　哉
就　知　友　心　宽

Gkait jiul langc naih　　　　　　　　亏我郎金
才　旧　郎　奶
亏　我　郎　这

nyenc mingh meec lail　　　　　　　　命中不好
宁　命　没　赖
人　命　不　好

meec maenl yaoc laos yanc ugs bav　　出门进屋
没　闷　尧　劳　然　勿　罢
有　天　我　进　家　出　门

43

yaoc yah gaiv nyac dengv kgunv lenc.
尧　丫　界　牙　邓　故　伦
我　因　为　你　暗　前　后

郁郁寡欢。

Jodx Naih Bail Lenc
从今往后

Juh lagx nyenc lail 姣好人才
丘 腊 宁 赖
姣 人 才 好

jiul xingc daih nanc lis, 我也难连得，
旧 行 呆 难 雷
我 也 很 难 得

Jodx naih bail lenc 从今往后
却 奶 败 伦
从 今 往 后

seik nuv juh daengh saox juh 姣与情伴
岁 怒 丘 当 早 丘
细 看 你 和 夫 你

weex nyil semp wac noih noih 像那青青秧苗
也 呢 寸 华 诺 诺
像 那 尖 秧苗 茂 盛

xaop kgags deic bail 你各自拿去
孝 康 台 败
你 自 拿 去

xebt nyil jinc dih gkeep. 插进别人田。
血 呢 田 堆 格
插 在 田 地 别人

Juh Daengh Saox Juh
你和表兄

Nyaemv yaoc nyimp xaop 吝　尧　吝　孝 晚上　我　和　你	晚上和你
maix banx nyaoh weep 买　板　鸟　或 情　伴　在　夜深	情伴坐夜
kgangs jiuc lix yabs yos, 康　条　吕　雅　约 说　些　表　皮　话	话语敷衍，
Jodx naih bail lenc 却　奶　败　伦 从　今　往　后	从今往后
seik nuv juh daengh saox juh 岁　怒　丘　当　少　丘 细看你　和　夫　你	你与表兄
dongc dinl laos lol 同　邓　劳　罗 同　脚　进　船	共只渡船
xaop xingc songk luih menc. 孝　行　送　追　门 你俩　放　下　滩口	同舟往下流。

情恨姑表

46

Saemp Wox Jids Siip Meec Wenp
早知结不成亲

Saemp wox jids siip kgeis wenp
胜　五　及　岁　该　份
早　知　结　亲　不　成

mangc kgeis saemp baov sav,
忙　改　胜　报　乍
何　不　早　讲　休

Naih nyac loux yaoc
奶　牙　鲁　尧
今　你　哄　我

weex jigs xonc gkuip luih sanh
也　及　船　溃　追　山
做　只　船　淌　下　滩

jiul buh nanc luih menc.
旧　不　难　追　门
我　也　难　下　滩口

早知不成

何不早罢休，

今你诓我

做只船下险滩

我也难对门。

Nyaemv Naih Jaenx Geel Juh Singc
今晚靠近情伴

Nyaemv naih jaenx geel juh singc 　　　今晚靠近情伴
　吝　奶　井　格　丘　神
　今　晚　进　你　身　边

gaiv nyil miinh sinc muns, 　　　讨些花面容，
　界　呢　敏　神　魔
　讨　些　面　花　容

Mus nyimp nuv juh 　　　日后情伴
　木　吝　怒　丘
　日　后　看　姣

nyebc fuh daengh jenl 　　　另结情缘
　纽　夫　当　定
　成　婚　嫁　人

jiul yah wenp duc nyenc daih xap. 　　　我就成为陌生人。
　旧　丫　份　独　宁　呆　下
　我　就　成　个　人　等　下

Qingk Sungp Juh Xangp
听姣话语

Qingk sungp juh xangp 听　送　丘　向 听　话　情　伴	听姣话语
lis jiuc sais yah banh, 雷　条　哉　丫　班 有　颗　心　伤　悲	我更悲伤，
Naih nyac weex guv 奶　牙　也　故 今　你　做　对	今你成对
seit meix ngac nganh 才　美　衙　安 雌　雄　雁　鹅	雌雄天鹅
xaop xingc bens kgoc dees menl sup. 孝　行　笨　各　得　闷　受 你　俩　飞　在　下　天　绿	你俩飞在蓝天上。

Kgaenh Juh Duh Dongl
常恋情伴

Naih yaoc kgaenh juh duh dongl 奶 尧 根 丘 都 冻 今 我 恋 姣 长 期	如今常恋情伴
douv nyil kgongl kgeis sags, 斗 呢 共 该 杀 丢 那 活 不 干	放下手中活,
Xah yaot juh jiul 虾 姚 丘 旧 就 怕 姣 我	只怕情伴
weex duc mogc kgeis qak jah 也 独 猛 该 架 加 做 只 鸟 不 上 套	做只鸟不上套
daih nanc lis xaop 呆 难 雷 孝 很 难 得 你	难得有你
weex guv yeml yangl qit bav 也 故 应 样 吉 罢 做 对 鸳 鸯 展 翅	成对鸳鸯展翅
dogl kgoc dav kgangl fuc. 惰 各 大 扛 湖 落 在 中 江 湖	遨游湖海中。

Kuenp Gail Siic Dongc
远路同行

Maenl yaoc bail jenc 闷 尧 败 岑 白天 我 去 坡	上山干活
wangx xangk lis nyac 往 想 雷 牙 总 想 得 你	总想有你
juh bens nyimp lenc, 丘 本 吝 伦 姣 友 随 后	情伴跟，
Menc lieeux sinp jangl kgeis lail 门 了 寸 降 该 赖 抛 下 千 般 不 好	抛下千般不顺
kuenp gail siic dongc 困 界 随 同 路 远 一 同	远路同行
jav xih daengc nyil longc mas sais, 架 西 堂 呢 龙 麻 哉 那 才 整 颗 心 满 意	那才使我郎心畅，
Naih yaoc aol meec lis juh 奶 尧 奥 没 雷 丘 今 我 娶 不 得 你	今我娶不得你
nyaoh buh daengh deil 鸟 不 当 代 生 也 如 死	生死不如

yaoc buh haengt bail siip dih wangp.
尧 不 杭 败 岁 堆 放
我 也 愿 去 别 地 方

我愿走他乡。

Menl Guangl Siic Nyaoh
同在世间

Yac daol banl miegs 牙 到 办 乜 俩 咱 男 女	我俩男女
donh bix daengl xongp 端 俾 荡 兄 若 不 相 识	若不相识
xangx jux gkongp bens lonh, 想 九 空 本 乱 也 就 无 忧 伤	也就无忧愁，
Siic jungh duc nyenc 谁 今 独 宁 同 是 个 人	同是个人
menl guangl siic nyaoh 闷 逛 谁 鸟 天 亮 同 在	生在世间
banx lis mingh daiv 板 雷 命 代 友 有 命 带	朋友好运
naih mangc siip map haik laot langc. 奶 忙 岁 吗 害 劳 郎 今 何 又 来 害 独 郎	如今为何只差郎。

Nyac Bail Banx Jav
你嫁他人

Juh lagx nyenc lail	朋友好命
丘　腊　宁　赖	
姣　人　才　好	
xaop xingc gkongp bens lonh,	你姣无忧愁，
孝　行　空　　　本　乱	
你　却　无　　　忧　愁	
Nyac bail banx jav	你嫁他人
牙　　败　板　架	
你　　嫁　朋友　那	
lail xil xebc xonh	十全十美
赖　细　喜　专	
十　全　十　美	
wox dah geel nup	不知从何
五　他　格　怒	
知　从　何　处	
eengv map lonh xongs yaoc.	像我忧。
彦　吗　乱　兄　尧	
又　来　愁　像　我	

Daih Saemh Nyaoh Danl
一生孤单

Naih mangc douv yaoc 奶　忙　斗　尧 今　何　丢　我	今何丢我
daih saemh nyaoh danl 呆　　生　　鸟　　旦 一　　生　　孤　　单	一生孤单
kgangl kgus qingk waih, 杠　　　谷　听　歪 经　　　长　听　忧	心烦乱，
Nyimp meec lis nyac 吝　　没　雷　牙 又　　没　有　你	不能与你
dah kgoc xangh kgail lianx dongc 他　各　香　界　两　同 从　那　上　界　不　同	阴间同来
xiut map yenv nyil 蓄　骂　应　呢 只　来　怪　那	只怪我郎
longc ees kgaenh nyangc, 龙　而　根　娘 心　痴　恋　你	痴心恋，
Naih yaoc longc ees kgaenh juh 奶　尧　龙　而　根　丘 今　我　心　傻　恋　姣	今我痴心恋妹

map kgoc buh naih meec deml
吗　各　不　奶　没　旦
来　到　此　时　不　遇

此时不遇

mus juh lamc yaoc,
目　丘　兰　尧
日后你　忘　我

日后把我忘,

Yil bix daoc xuh mungl wap
义　俾　桃　休　孟　化
好　比　姚　树　开　花

好比桃树开花

jav siip yah naih pieek,
架　岁　丫　奶　别
那　又　就　这　分

两边分,

Pieek bail kgags yanc
别　败　康　然
分　去　别　家

你嫁别人

xaop buh nanc map
孝　不　难　吗
你　也　难　来

再也难得

touk kgoc geel yagc sac.
斗　各　格　养　杀
到　身　边　可　怜

来到郎身边。

情恨姑表

56

Bix Duc Bal Naeml Geel Guis
好比溪边鱼儿

Naih nyac weex duc
奶　牙　也　独
今　你　做　条

bal nyaoh domx guis
罢　鸟　朵　归
鱼　在　溪　边

nyac kgags saip lagx banx jav
牙　康　帅　腊　板　架
你　自　让　那　朋　友

suit meix daengl gaeml,
谁　美　荡　更
拿　树　相　堆

Naengl jiul langc naih
论　旧　郎　奶
剩　我　郎　这

jaemh dih dah geel
今　堆　他　格
蹲　地　从　边

buh meec nuv nyac xic nup ugs,
不　没　怒　牙　昔　怒　勿
也　不　见　你　哪　时　出

Naih mangc douv yaoc
奶　忙　斗　尧
今　何　丢　我

今你做条

鱼在溪边

你各让那朋友

拿起树枝护,

剩下我郎

蹲地守起

也不见你现,

今何丢我

gkudt soh kgaox longc　　　　　　　　心里焦急
谷　梭　考　龙
心　中　焦　急

nyac kgags nyimp maoh　　　　　　　你各和他
牙　康　应　猫
你　自　跟　他

weex guv liongc jungh kgangl.　　　做对龙共江。
也　故　龙　今　缸
做　对　龙　共　江

Aol Meix Nangc Jungh Dih
竹笋共地长

Yac daol banl miegs 　　　　　　　　我俩男女
牙　到　办　乜
咱　俩　男　女

weex nyil meix kgoux dongc bangl 　　做那禾谷共杆
也　呢　美　苟　同　棒
做　那　禾　谷　同　杆

yaoc buh bens xangk 　　　　　　　　我也本想
尧　不　本　想
我　也　本　想

aol meix nangc jungh dih， 　　　　　　竹笋同地生，
奥　美　囊　今　堆
要　竹　笋　共　地

Yaoc xah yaot nyac loux yaoc 　　　　　只怕你诓
尧　虾　姚　牙　鲁　尧
我　就　怕　你　骗　我

bail kgoc weep xic nyaoh mih 　　　　　后面落空
败　各　或　昔　鸟　美
去　那　后　时　空　坐

douv yaoc suiv dih meenh liangp 　　　我痴痴恋想
丢　尧　瑞　堆　焉　亮
丢　我　坐　地　仍　想

wox dah geel nup 　　　　　　　　　不知从何
五　他　格　怒
知　从　何　处

eengv map duh nyil lix touk nyac.
彦　吗　都　呢　吕　斗　牙
又　来　传　些　话　到　你

把话传给你。

Banx Jav Lis Mingh Wangc Liongc
别人龙王之命

Banx nouc geel nup   别的朋友
板　奴　格　怒
朋　友　里　哪

lis mingh wangc liongc   龙王之命
雷　命　王　龙
有　命　王　龙

maoh xih lis nyac dongc qigt weenh,   他才得你同吃饭，
猫　西　雷　牙　同　其　万
他　才　有　你　同　吃　饭

Naengl jiul langc naih   剩下我郎
论　旧　郎　奶
剩　我　郎　这

weex kgeis wenp xonh   一事无成
也　该　份　专
做　不　成　事

xingc kgags douv saip banx jav yanc.   只有让给友结情。
行　康　斗　帅　板　架　份
各　自　让　给　他　结　家

情恨姑表

61

Saemp Wox Kgeis Lail
早知不好

Saemp wox kgeis lail 胜 五 该 赖 早 知 不 好	早知不成
yaoc buh haengt bail 尧 不 杭 败 我 也 愿 去	我也愿意
kgeev kgoc Yeenc Wangc xonv, 借 各 元 王 转 从 那 阎 王 转	从阴间转,
Yangh wox dah lenc sigt lonh 央 五 他 伦 昔 乱 若 知 以 后 悲 忧	若知后来烦乱
yaoc buh haengt bail 尧 不 杭 败 我 也 愿 去	我也愿意
xonv kgoc dangc naemx menl. 转 各 堂 郲 闷 返 那 处 水 天	返回阴间去。

Nyangc Nyaoh Yanc Nyangc
妹在家中

Nyangc nyaoh yanc nyangc 　　　　　妹在家中
娘　鸟　然　娘
姣　在　姣　家

yil yangh liongc nyaoh kgaox maengl　　好比龙在水里
义　央　龙　鸟　考　孟
就　像　龙　在　中　潭

nyac kgags saip lagx banx jav gas,　　你各让那朋友等,
牙　康　帅　腊　板　架　卡
你　自　让　那　朋　友　等

Haik yaoc xut juh naih jaengl　　　　害我长久相守
害　尧　蓄　丘　奶　降
害　我　守　姣　这　久

gobs meec lis nyil sungp baov map.　　从未听你说要嫁。
各　没　雷　呢　送　报　吗
从　未　有　些　话　讲　嫁

Daoh Lix Langc Nyangc
男女话语

Daoh lix langc nyangc 刀　吕　郎　娘 话　语　郎　娘	男女话语
nyaemv daengl nyaemv daengl, 吝　　荡　　吝　　荡 吝　　荡　　吝　　来	晚晚都来，
Jiul yah map kgoc 旧　呀　骂　各 我　就　来　到	今我又到
geel bal xaop maix banx 借　罢　孝　买　板 你　情　伴　身　边	情伴身边
suiv dih daos yeenl 瑞　堆　刀　烟 坐　地　抽　烟	坐凳抽烟
xongs duc bedl kgabs nganh, 兄　独　笨　干　安 像　只　鸭　和　鹅	像只鸭和鹅，
Naih nyac dos nyil 奶　牙　多　呢 今　你　讲　些	今你讲那
sungp kgaemc lix lianh 送　臣　吕　三 粗　言　重　语	重言粗语

yaoc yah gaiv nyac banh sais longc.
尧　丫　界　牙　班　哉　龙
我　因　为　你　伤　心　肠

我因为你心悲愁。

Map Miac Dongc Yanc Nyaoh
咱俩共屋住

Sungp dungl yac daol 送　洞　牙　到 话　语　俩　我	我俩的话
jiul yuv jaeml xaop 旧　又　尽　孝 我　要　约　你	我要约你
map miac dongc yanc nyaoh， 吗　麻　同　然　鸟 来　俩　共　屋　住	咱俩共屋坐，
Xah yaot juh jiul 虾　姚　丘　旧 就　怕　我　姣	只怕情伴
weex duc bal gkuip naemx laoh 也　独　罢　馈　赧　涝 做　条　鱼　消　洪　水	做那洪水淌鱼
xaop buh kgags bail 孝　不　康　败 你　也　各　去	你也各自
semh nyil dangc naemx yaeml. 生　呢　堂　赧　应 找　些　塘　水　深	寻找深水潭。

Naih Yaoc Heit Yuv Jaeml Xaop
如今邀约你

Naih yaoc heit yuv jaeml xaop	我想约你
奶 尧 海 又 尽 孝	
今 我 还 要 约 你	
maix banx taot wap	情伴谈话
买 板 桃 化	
情 伴 谈 话	
yaot nyil laox xaop kgaox yanc	又怕你家老人
姚 呢 老 孝 考 然	
怕 你 老 你 中 家	
baov jiul langc naih	说我郎金
报 旧 郎 奶	
说 我 郎 这	
weex nyil mieec kgags kgov,	做那纱各筘，
也 呢 灭 康 个	
做 那 纱 各 筘	
Naih yaoc heit yuv	今我定要
奶 尧 海 又	
今 我 还 要	
jaeml xaop maix banx	约你情伴
尽 孝 买 板	
约 你 情 伴	
aol nyil lix wap daengl wanh	交换话语
奥 呢 吕 化 荡 弯	
要 些 话 花 相 换	

情恨姑表

67

yaot nyil laox juh kgaox yanc 只怕你家老人
姚　呢　老　丘　考　　然
怕　你　老　你　中　　家

baov jiul langc naih 说我郎金
报　旧　郎　奶
说　我　郎　这

weex nyil sot kgags xic. 另把钥匙锁。
也　呢　说　康　昔
是　把　锁　另　钥匙

Nyinc Jaengl Nguedx Yais
年长月久

Nyinc jaengl nguedx yais　　　　　　年长月久
年　降　眼　哉
年　长　月　久

xaop xingc loux jiul langc naih　　　你就诓我郎金
孝　行　汝　旧　郎　奶
你　却　洪　我　郎　这

xongl nyil kap meenh qingk，　　　　张着耳朵听，
兄　呢　卡　免　听
张　着　耳　在　听

Mix xil laox juh kgaox yanc　　　　　谁知妹的老人
美　细　老　丘　考　然
谁　知　你　的　老　人

dos nyil sungp dungl daih biongh　　说那风凉话语
多　呢　送　洞　呆　兵
说　了　话　语　很　多

yaoc kganl gaiv juh　　　　　　　　　我因为你
尧　按　界　丘
我　因　为　你

xonv map dengv kgeis guangl.　　　　心不明。
转　吗　邓　该　逛
转　来　暗　不　明

Yangl Touk Beds Nguedx
待到八月

Duil yic mungl nugs songc dens qak,　　　　梨树开花满枝白，
对　益　孟　怒　从　登　架
梨　树　开　花　从　蔸　起

Yangl touk beds nguedx　　　　　　　　　　待到八月
样　到　八　眼
待　到　八　月

wenp naenl dagl kgav　　　　　　　　　　　满枝挂果
份　嫩　大　架
挂　果　断　枝

nyac kgags nyimp maoh dangv nadl xup.　　你各和他一起摘。
牙　康　吝　猫　荡　嫩　秀
你　自　和　他　一　起　摘

Jiuv Langc Danl Xenp
独郎单身

Jiuv langc danl xenp 旧 郎 旦 信 独 郎 单 身	独郎单身
lianx meec gal daemh 两 没 卡 登 没 有 剩 下	也不剩下
miegs nuc geel nup 乜 奴 格 怒 姑 娘 哪 位	哪位姑娘
nyimp yaoc daengl daengh sonk， 吝 尧 荡 当 算 与 我 来 帮 算	和我一起算，
Dogc langc kgags lonh 朵 郎 康 乱 独 郎 自 忧	独郎悲伤
xonv map gonh peep sac 转 吗 观 迫 茶 转 来 绕 火 塘	转去围火塘。

Yaoc Kganl Gaiv Juh Dogl Naemx Dal
我因为你掉眼泪

Maenl yaoc meec xup meec xangk　　　　　我不思不想
闷　尧　没　秀　没　想
天　我　不　思　不　想

xangx jux il naih nyaoh,　　　　　　　　也就这样过,
香　九　义　奶　鸟
也　就　这　样　坐

Meec maenl yaoc wudx xup wuic xangk　　我思来想去
没　闷　尧　稳　秀　韦　向
有　天　我　思　来　想　去

xangk touk sungp dungl juh baov　　　　想到你的话语
想　斗　送　洞　丘　报
想　到　话　语　你　讲

yaoc kganl gaiv juh dogl naemx dal.　　我因为你眼泪流。
尧　按　介　丘　惰　赧　大
我　因　为　你　流　水　眼

情恨姑表

Xenl Xangk Yac Daol Liogc Xebc Laox
真想我俩六十老

Xenl xangk yac daol liogc xebc laox, 正　想　牙　到　略　喜　老 真　想　咱　俩　六　十　老 本想我俩六十老，

Naih nyac weex daoh meec wenp 奶　牙　也　刀　没　份 今　你　做　话　不　成 今你做不了主

douv yaoc gkout nyaoh kgags longl 斗　尧　谷　鸟　康　弄 丢　我　虎　在　各　林 丢我虎落他山

jiul xingc wox juh 旧　行　五　丘 我　才　知　你 我才知你

weex duc liongc kgags nyal. 做　独　龙　康　孖 做　条　龙　另　江 做条另江龙。

Bail Kgoc Jenc Ngeenx Liuih
坡上去流泪

Jiul langc danl xenp   我郎单身
旧　郎　旦　信
我　郎　单　身

bail kgoc jenc ngeenx liuih,   坡上去流泪，
败　各　岑　碾　追
去　那　坡　流　泪

Lianx meec gal daemh   从来没有
两　没　架　登
没　有　剩　下

miegs nuc geel nup   哪个姑娘
乜　奴　格　怒
姑娘　谁　边　哪

dos nyil sungp wap wox wuih   轻言细语
多　义　送　化　五　威
说　些　话　花　会　语

xonv map daengh yagc sac.   转来可怜郎。
转　吗　当　养　杀
转　来　帮　可　怜

Jiul Deenh Gaiv Miiuc Wap
我便讨情言

Janl yaoc seik biaenl maenl seik xangk 　　　日思夜想
见　尧　岁　并　闷　岁　想
夜　我　做　梦　天　在　想

kgags map dangv jiuc sais naih ags, 　　　各自悲伤,
　康　吗　荡　条　哉　奶　康
　各　来　折磨　条　心　这　多

Nup lis nyac juh lagx nyenc mags 　　　如何有你金贵人
怒　雷　牙　丘　腊　宁　麻
怎　能　得　你　子　人　大

bail kgoc bags nyal daengl daiv 　　　相娶河边
败　各　巴　孖　荡　代
去　那　河　口　相　带

jiul deenh gaiv miiuc wap. 　　　我也讨情言。
旧　单　介　迷　化
我　便　讨　情　花

Jungh Lagx Guv Xul Samp Baos
同是古州三宝

Jungh lagx guv xul samp baos 今　腊　故　秀　善　宝 同　是　古　州　三　宝	同住古州三宝
xaop mangc haot jiuc mingh， 孝　忙　毫　条　命 你　为何　好　条　命	为何你命好，
Naih mangc douv yaoc 奶　忙　斗　尧 今　何　丢　我	如今丢我
naemx xuit singp singh 赧　水　胜　生 水　水　清　澈	流水清清
jiul buh qingk meec lail. 旧　不　听　没　赖 我　也　觉　不　好	感觉糟糕。

Nuv Nyac Juh Mungl Wap
看你花绽放

Naih yaoc kgait yuv 奶 尧 海 又 今 我 还 要	今我想要
jaeml xaop maix banx 定 孝 买 板 约 你 情 伴	约你情伴
xeengp lol qak nyal 现 罗 架 孖 撑 船 上 河	撑船上滩
laox xaop kgaox yanc 老 孝 考 然 老 人 你 中 家	你家老人
weex nyil bial daengs luh, 也 义 岜 荡 汝 做 那 岩 挡 路	出来阻拦，
Naih yaoc heit youv 奶 尧 海 又 今 我 还 要	今我想要
jaenx kgoc xeenp liemc mogc xuh 井 各 现 林 母 休 近 那 山 林 树 木	靠近山林树木
nuv nyac juh mungl wap. 怒 牙 丘 孟 化 看 你 姣 开 花	看你花开放。

情恨姑表

Duil Kgeis Wenp Naenl
李不结果

Duil kgeis wenp naenl 对 该 分 嫩 李 不 结 果	李不结果
xah wox naenl yangc kgav, 虾 五 闷 阳 架 只 会 枯 枝 丫	就知树枝枯,
Baenl kgeis xunk nangc 笨 该 信 囊 竹 不 生 笋	竹不生笋
xingc kgags douv jiul langc dah wap. 行 康 斗 旧 郎 他 化 各 自 丢 我 郎 过 花	我郎花过时。

Naih Yaoc Langc Jeml Wenp Fut
如今郎金贫穷

Naih yaoc langc jeml wenp fut
奶 尧 郎 金 份 服
今 我 郎 金 成 穷

我郎贫穷

jiul xingc wenp duc nyenc kgeis juiv,
旧 行 份 独 宁 改 救
我 才 成 个 人 不 贵

成个平常人，

Siip nuv juh daengh saox juh
岁 怒 丘 当 少 丘
细 看 你 和 夫 你

眼看你和表兄

weex duc seit yinl meix yiuh
也 独 才 应 美 优
做 只 雌 鹰 雄 鹞

如那雌雄鹰鹞

nyac kgags nyimp maoh siic jungh biac.
牙 康 吝 猫 随 今 茶
你 自 和 他 共 草 蓬

你各跟他结情缘。

情恨姑表

79

Xic Xic Xangk Lail
时时盼好

Xic xic xangk lail 昔 昔 想 赖 时 时 想 好	时时盼好
jiul siip mix lieeux lonh, 旧 岁 美 了 乱 我 还 不 完 忧	我郎苦不尽,
Xik maenl yaoc sonk 细 闷 尧 算 白 天 我 算	天天在算
jiul xingc lonh saemt nguac. 旧 行 乱 成 发 我 郎 忧 重 重	心里乱纷纷。
Fut mux sangx daol 服 母 长 到 父 母 生 咱	父母生咱
xaop kgags weex duc nyenc saip duih, 孝 康 也 独 宁 赛 都 孝 你 成 了 他 人 妻	你却嫁别人
Siic jungh mungx bent menl guangl 随 今 母 崩 闷 光 同 是 生 在 天 亮	同生在世
gkait jiul langc dah wap. 才 旧 郎 他 化 害 我 郎 过 时	害我郎过时。

Mix Ugs Xenp Xic
未到春时

Mix ugs xenp xic 美 勿 信 昔 未 到 春 时	不到申时
jiul siip mix pak sais, 旧 岁 美 怕 哉 我 还 未 伤 心	我还未伤心，
Yangl ugs xinp xic nyanl nyih 样 勿 信 昔 念 宜 等 到 春 时 月 二	待到二月开春
qingk duc yangc jiuh sint xeenp 听 独 阳 居 成 信 听 那 阳 雀 呼 唤	雀鸟喊山
lianx nuc banc buih 两 奴 盘 俾 无 谁 催 促	无人催促
sint jiul langc qit kgongl. 成 旧 郎 其 共 叫 我 郎 开 工	叫我郎开工。

情恨姑表

Naih Yaoc Nas Xik Deenh Gol
今我装笑

Naih yaoc nas xik deenh gol
奶 尧 纳 去 单 过
今 我 装着 笑 脸

今我装笑

nyimp xaop maix banx nyaoh,
应 孝 买 板 鸟
和 你 情 伴 坐

陪伴情姣坐，

Kgaox longc qingk daov
考 龙 听 倒
心 中 杂 乱

心头杂乱

xah wox xaok meec wenp.
虾 五 校 没 份
只 知 理 不 成

思绪难理。

Kganl Xenp Bens Xenp
回想我郎

Kganl xenp bens xenp 　　　　　　　回想我郎
　按　　信　　崩　　信
　至　　我　　本　　身

jiul mangc kgeis xongs duih,　　　　技不如人，
　旧　　忙　　该　　兄　　都
　我　　怎　　不　　如　　人

Naih mangc douv yaoc　　　　　　　今何丢我
　奶　　忙　　斗　　尧
　今　　何　　丢　　我

mingh bens weex luih　　　　　　　　命运低下
　命　　崩　　也　　追
　命　　运　　低　　下

xonv map dah lenc jenl.　　　　　　　转来落后人。
　转　　吗　　他　　伦　　尽
　转　　来　　在　　后　　别人

Mingh Langc Kgeis Lail
郎命不好

Mingh langc kgeis lail	郎命不好
命 郎 该 赖	
命 郎 不 好	
jiul xingc kganl ngeenx liuih,	我才常流泪，
旧 行 按 碾 追	
我 才 常 泪 流	
Jodx naih bail lenc	从今往后
却 奶 败 伦	
从 今 往 后	
nyangc lis benh biingc	姣娘心宽
娘 雷 崩 平	
你 有 心 宽	
xonv map piinp benh langc.	转来偏向我。
转 吗 片 奔 郎	
转 来 偏 我 郎	

情恨姑表

84

Jiul Xingc Duh Dongl Yangl
我才长叹息

Laox yaoc guav yaoc　　　　　　　　老人骂我
老　尧　挂　尧
老人　我　骂　我

banx dongc saemh nyac　　　　　　　同龄的人
板　同　生　牙
友　同　龄　你

yidx nyil miiuc siih geel bal　　　　　　早已成家
以　呢　迷　虽　格　罢
牵　着　小　孩　边　身

maoh xingc liav benh lonh，　　　　　他才无忧愁，
猫　行　烈　奔　乱
他　才　无　忧　愁

Yaoc dongc saemh banx　　　　　　　我和别人
尧　同　生　板
我　同　龄　友

douv yaoc gkongp juh　　　　　　　　独我无双
斗　尧　空　鸠
丢　我　无　双

jiul xingc duh dongl yangl.　　　　　　我才长叹息。
旧　行　都　洞　让
我　才　经　常　叹

85

Naih Nyac Jenc Kgags Yuih Jenc
如今山岭相依

Naih nyac jenc kgags yuih jenc 奶 牙 岑 康 优 岑 今 你 山 各 相 依	今你山岭相依
xaop xingc xih wenp das, 孝 行 西 份 达 你 们 才 成 林	树木才成林，
Jodx naih bail lenc 却 奶 败 伦 从 今 往 后	从今往后
seik nuv juh daengh saox juh 岁 怒 丘 当 少 丘 细 看 姣 和 夫 姣	你和情伴
weex nyil demh kgags nyeemh sunl 也 义 登 康 研 正 做 那 苞 各 恋 刺	做那泡果恋刺
naengl jiul langc naih 嫩 旧 郎 奶 剩 我 郎 这	剩下我郎
wox bail nup semh xaop. 五 败 怒 生 孝 知 去 哪 找 你	何处寻找你。

Beds Siih Meec Daiv
八字不带

Nyaemv daol nyaoh weep 我俩坐夜
 吝 到 鸟 或
 晚上 咱 坐 深夜

kgangs nyil lix lail yangh mangc 讲些好言好语
 康 义 吕 赖 央 忙
 讲 些 好 言 好 语

nanc map daiv xaop nyenc singc nyih, 也难得你姣情伴,
 难 吗 代 孝 宁 神 宜
 难 来 带 你 情 伴 侣

Jodx naih bail lenc 从今往后
 却 奶 败 仁
 从 今 往 后

dah kgoc beds siih meec daiv 八字不带
 他 各 八 虽 没 带
 从 那 八 字 不 带

gobs map gaiv sungp wap. 只是讨花言。
 各 吗 介 送 化
 只 来 讨 花 言

情恨姑表

Juh Bix Denh Yuc
鸟儿成双

Juh bix denh yuc 丘 俾 灯 油 鸟 儿 成 双	鸟儿成双
xaop xinc yaeml bail degs, 孝 行 应 败 得 它 才 同 声 叫	它才同声叫，
Naengl jiul langc naih 嫩 旧 郎 奶 剩 下 我 郎	剩下我郎
bix duc ngueev nees jenc xeenp 俾 独 额 叶 廷 现 像 只 蝉 哭 山 腰	像只蝉哭山腰
lianx nuc daengh wah 两 奴 当 蛙 无 人 交 谈	无人安慰
yah jav ngeenx liuih liuuc. 呀 架 碾 追 流 那 才 眼 泪 流	那才眼泪流。

情恨姑表

88

Juh Bix Guenv Lac
你是蔸菌

Juh bix guenv lac 丘 俾 棍 腊 你 似 兜 菌	你是蔸菌
xaop xingc wap duil demh, 孝 五 化 对 灯 你 是 花 李 果	知是花下果，
Yangl ugs xingl wangc nyih nguedx 样 勿 正 王 宜 眼 待 到 阳 春 二 月	待到阳春二月
seik nuv juh daengh saox juh 赛 怒 丘 当 少 丘 细 看 你 和 夫 你	你跟情伴
sags kgongl jenc jemh 杀 共 岑 今 干 活 山 冲	山冲干活
xingc kgags douv yaoc liuih wenp wenp. 行 康 斗 尧 追 份 份 各 自 丢 我 泪 淋 淋	各自丢我泪纷纷。

89

Xonv Map Yuc Yangh Menl
只能任由天

Miedl nas naengc menl 命 纳 囊 闷 仰 望 天 空	仰望天空
nuv nyil dal menl buih, 怒 义 大 闷 俾 看 那 日 头 偏	看那日头偏，
Nyebc douc buih jenc 纽 头 俾 岑 日 头 偏 山	日落西山
xonv map yuc yangh menl. 转 吗 由 央 闷 只 能 任 由 天	只能任由天。

Xaop Xingc Jids Wongp Juh
你才成双对

Banx dongc saemh yaoc 板　同　生　尧 友　同　龄　我	同龄朋友
yix bix nyix nyut kgaox nyal 义　俾　女　牛　考　孖 好　比　鱼　儿　中　河	好比河中鱼儿
xaop xingc jids wongp juh, 孝　行　及　奉　丘 你　才　结　成　双	你才结成双，
Naengl jiul langc naih 嫩　旧　郎　奶 剩　下　郎　这	剩下我郎
kgongp siip mut fuh 空　岁　木　夫 无　妻　无　伴	无妻无伴
bail kgoc dih dut sanc. 败　各　堆　独　残 去　那　土　中　埋	去那土中埋。

Xingc Kgags Douv Yaoc Liuih Wenp Wenp
各自丢我眼泪流

Maenl yaoc dos dal 闷　尧　多　大 天　我　望　眼	抬头张望
nuv xaop maix banx 怒　孝　买　板 见　你　情　伴	见你情伴
lagx xil nyenc lail 腊　细　宁　赖 子　之　人　好	人品端正
qamt jiuc kgail qak luih, 甲　条　介　架　追 走　在　街　上　下	街上来回走，
Naih nyac weex maix saip duih 奶　牙　也　买　帅　都 今　你　做　妻　给　他	成他人妻子
xingc kgags douv yaoc liuih wenp wenp. 行　康　斗　尧　追　份　分 各　自　丢　我　泪　纷　纷	各自丢我眼泪流。

Map Touk Mangv Naih Weex Nyenc
来到阳间做人

Map kgoc mangv naih weex nyenc 吗 各 慢 奶 也 宁 来 到 边 这 做 人	来到人间
lonh jil lonh daens 乱 记 乱 登 愁 吃 愁 穿	愁吃愁穿
aol weex lonh yac luh, 奥 也 乱 牙 路 要 我 愁 两 样	也只愁两样，
Kgeis xangk touk kgoc 该 想 斗 各 不 想 到 了	难想以后
peep xic lonh juh 迫 昔 乱 丘 后 时 愁 妻	忧心情姣
aol weex lonh samp kuenp. 奥 也 乱 善 困 又 来 愁 三 样	却要三样愁。

Xah Yaot Miodx Dangc
怕过青春

Xah yaot miodx dangc 虾 姚 敏 堂 怕 误 青 春	怕过青春
jaeml xaop nyangc nyaoh wungh, 尽 孝 娘 鸟 污 约 你 月 堂 坐	约你月堂坐，
Jodx naih bail lenc 却 奶 败 伦 从 今 往 后	从今往后
nyac kgags yimp nyil 牙 康 峇 呢 你 自 跟 那	你各跟那
banx nuc geel nup 板 奴 格 怒 哪 位 朋 友	别的情伴
xongv kgoc benh xup siic jungh 仲 各 奔 秀 随 今 兄 那 书 本 同 念	书本同念
gkait jiul langc lonh yenc. 才 旧 郎 乱 寅 害 我 郎 忧 常	害我常悲忧。

Xangk Touk Kgaox Jiuc Senl Daol
想到我们村里

Xangk touk kgaox jiuc senl daol 想乡本土
 想 到 考 条 正 到
 想 到 咱 们 村 寨

banx nuc lis xaop 别人有你
 板 奴 雷 孝
 他 人 得 你

ugs kgoc dav bianv sags kgongl 一同干活
 勿 各 大 便 杀 共
 出 那 大 坝 干 活

xaop xingc dongc luh quk, 你俩并肩走,
 孝 行 同 路 就
 你 俩 同 路 走

Naih mangc douv yaoc danl langc lis nuv 我郎看见
 奶 忙 斗 尧 旦 郎 雷 怒
 今 何 丢 我 单 郎 得 见

yaoc kganl gaiv juh 我因为你
 尧 按 介 丘
 我 因 为 你

lis nyil dux kgeis bingc. 有颗心不平。
 雷 呢 肚 该 平
 有 颗 心 不 平

Janl Yaoc Seik Biaenl Maenl Seik Xangk
白天想来夜晚梦

Janl yaoc seik biaenl maenl seik xangk 见 尧 赛 并 闷 赛 想 夜 我 做 梦 白 天 想	白天想来夜晚梦
naih yaoc lieenc map 奶 尧 连 吗 今 我 仍 来	今我招来
lis nyil meix fut lonh yenc 雷 呢 美 服 乱 寅 有 那 苦 闷 忧 常	苦闷忧愁
wox dah geel nup 五 他 格 怒 知 从 何 处	不知从何
eengv map menc maoh lis, 彦 吗 门 猫 雷 又 来 抛 它 得	才能忘了忧,
Yangh jis nuc saip 央 及 奴 赛 若 买 谁 给	若买谁送
jiul buh lail xongs xaop. 旧 不 赖 兄 孝 我 也 好 像 你	我也好如你。

情恨姑表

Ebl Yaoc Xuip Wap
我说巧语

Ebl yaoc xuip wap 我说巧语
务 尧 秀 化
我 嘴 传 话

nyaoh kgoc kap nyac juh, 在你耳朵边，
鸟 各 卡 牙 丘
在 那 耳 你 姣

Jodx naih bail lenc 从今往后
却 奶 败 伦
从 今 往 后

nyac kgags nyimp nyil 你各跟那
牙 康 吝 呢
你 自 跟 着

banx nuc geel nup 别的情哥
板 奴 格 怒
朋 友 边 哪

jungh luh siic map 一路同行
今 路 随 吗
一 路 同 来

xingc kgags douv yaoc xap dah lenc. 丢我在后头。
行 康 斗 尧 下 他 伦
各 自 丢 我 在 后 头

Weex Duc Liongc Jungh Kgangl
做对龙共江

Mingh nyangc meec danl	姣命不单
命 娘 没 旦	
命 姣 不 单	

baov xaop bix meenh wah,	劝你别再讲，
报 孝 俾 焉 蛙	
劝 你 别 再 讲	

Menl xegp yac yap	天定你俩
闷 信 牙 亚	
天 定 你 俩	

begx weenh xongv juil	白饭共碗
百 万 兄 就	
白 饭 共 筷	

nyac kgags nyimp maoh	你自跟他
牙 康 吝 猫	
你 自 跟 他	

weex duc liongc jungh haop.	做对龙共江。
也 独 龙 今 号	
做 对 龙 共 江	

Dah Kgoc Xenp Xic Miac Duil
春天栽李

Banx nyenc mingh lail　　　　　　　朋友命好
板　宁　命　赖
他　人　命　好

maoh xih daiv nyac　　　　　　　　他才有你
猫　西　代　牙
他　才　带　你

dah kgoc xenp xic miac duil　　　　春时栽李
他　各　信　昔　麻　对
从　那　春　时　载　李

xaop xingc mix pak kgav,　　　　　那才枝叶茂,
孝　行　美　罢　架
你　才　枝　叶　茂

Yangl ugs nyanl hak　　　　　　　等到夏天
样　勿　念　哈
等　到　月　夏

nyac kgags nyimp maoh　　　　　　你自跟他
牙　康　吝　猫
你　自　跟　他

aol nyil meix jungh sangp.　　　　　做苋树共根。
奥　呢　美　今　上
要　那　树　共　根

情恨姑表

Meix Yaoc Miac Weep
我树载迟

Meix yaoc miac weep　　　　　　　　　　我树迟栽
　美　尧　麻　或
　我　树　栽　迟

xah wox yeep bail saok,　　　　　　　　　只会枝叶枯,
　虾　五　夜　败　少
　只　会　枯　一　朝

Mix wox xic mangc　　　　　　　　　　　不知何时
　美　五　昔　忙
　不　知　何　时

xonv xeengp xongs kgaov　　　　　　　　枝繁叶茂
　转　现　兄　告
　转　鲜　像　旧

yaoc yuv jaeml juh　　　　　　　　　　　我要约你
　尧　又　定　丘
　我　要　约　你

xaok nyil kgav bail pangp.　　　　　　　理那树梢头。
　孝　呢　架　败　胖
　理　那　枝　登　高

Yangc Kgeengl Liangp Mih
阳间空想

Naih nyac weex duc 奶　牙　也　独 今　你　做　条	今你做要
saot kgaenh daeml baoc 朝　干　邓　袍 草　鱼　恋　塘	草鱼恋塘
qik xaop juh xingc lis, 去　孝　丘　行　雷 那　你　姣　才　有	那你有情伴，
Naih yaoc dah kgoc 奶　尧　他　各 今　我　从　那	今我从那
yangc kgeengl liangp mih 阳　见　亮　梅 阳　间　想　空	阳间空想
xah wox jids meec wenp. 虾　五　及　没　份 就　知　结　不　成	深知不长久。

Naih Nyac Miix Kgags Lis Dangc
如今鱼儿有塘

Nain nyac miix kgags lis dangc 奶　牙　米　康　雷　堂 今　你　鱼　自　有　塘	今你鱼自有塘
xingc kgags douv jiul langc gkongp doiv, 行　康　斗　旧　郎　空　惰 各　自　丢　我　郎　　　无　处	丢我无处居，
Naih mangc douv yaoc 奶　忙　斗　尧 今　何　丢　我	如今丢我
buih buih qingk soic 卑　卑　听　说 身　心　疲　惫	身懒洋洋
xongs meix nuic longp sangp. 兄　美　奴　弄　上 像　虫　蛀　树　根	像那虫蛀根。

Douv Nyil Buh Lamc Langc
只会忘了郎

Juh bail saox saemp　　　　　　　　若你早出嫁
丘 败 草 寸
姣 出 嫁 早

xah wox yaeml nyil wap yonc guv,　　花容就凋谢，
虾 五 应 义 化 荣 故
就 知 凋 谢 花 容 貌

Naih nyac jens bail nyebc fuh　　　　今你忙结情
奶 牙 进 败 纽 夫
今 你 忙 去 成 亲

douv nyil buh lamc langc.　　　　　　只会忘了郎。
斗 呢 不 兰 郎
丢 一 段 忘 郎

Miegs Nup Sais Guangl
哪位姑娘心中明亮

Miegs nup sais guangl 乜　怒　哉　逛 姑娘 哪位 心　明	哪位姑娘好心
yebl nyaoh daemh nyinc 应　鸟　　登　年 忍　坐　　等　年	陪伴几年
jinc jiul langc benh pak, 田　旧　郎　　崩　罢 劝　我　郎　　份　坏	安慰我郎心，
Banl nuc daens nyil 办　奴　登　　呢 后生 哪位 穿　着	哪位后生
xongc xenp daov ngav 雄　　信　到　亚 衣　裳　歪　斜	衣着不整
banx buh baov maoh 板　不　报　猫 别　人　说　他	别人说他
ees xangk nyangc. 而　想　　娘 傻　想　　妹	痴恋妹。

Xedt Xih Nyebc Jenl Yanc
都已成了家

Nyaemv yaoc kaemk gaos laos xangc	晚上倒身入床
吂 尧 更 高 劳 翔	
晚 我 倒 身 进 床	

jiul seik naemx dal liuih,　　　　　　　　我又流眼泪，
旧 赛 赧 大 追
我 就 流 眼 泪

Maenl yaoc dos dal nuv juh　　　　　　　看到别人
闷 尧 多 大 怒 丘
天 我 睁 眼 望 你

xebt xih nyebc jenl yanc.　　　　　　　　早已成了家。
血 西 妞 尽 然
全 都 成 了 家

Bix Duc Bal Liimc Lagx Saot
像那水中鱼儿

Seik sonk kgaox jiuc senl daol	细算我们村寨
赛 算 考 条 正 到	
细 算 里 条 村 咱	
banx nyenc mingh lail	人家好运
板 宁 命 赖	
别 人 好 命	
begs kgeis daiv yac	即使无双
百 该 代 牙	
虽 不 带 双	
maoh buh naengl lis laot，	他也还有单，
猫 不 嫩 雷 劳	
他 也 还 有 单	
Mix xik juh jiul	可谁知情伴
每 细 丘 旧	
可 是 姣 我	
bix duc bal liimc lagx saot	像那水中鱼儿
俾 独 罢 连 腊 朝	
做 条 鲢 鱼 草 鱼	
maoh buh yuv bail taot daeml dangc.	你要换新塘。
猫 不 又 败 桃 吨 塘	
它 也 要 去 换 水 塘	

Haik Yaoc Langc Dos Dal
害我郎盼望

Banx nyenc mingh lail 别人好命
板　宁　命　赖
别　人　命　好

il bix daeml laox gkongp laoc 像那塘无水口
义　俾　邓　老　空　劳
好　比　塘　大　无　水　口

maoh xingc daiv nyac juh liimc saot, 他才得到你鱼儿，
猫　行　带　牙　丘　连　朝
他　才　带　你　情人　鲢　鱼

Nyac kgags bail maoh 今你嫁他
牙　康　败　猫
你　各　去　他

haik yaoc langc dos dal. 害我郎盼望。
害　尧　郎　多　大
害　我　郎　盼　望

Duil Kgeis Wenp Naenl
李不结果

Duil kgeis wenp naenl　　　　　　　　　　李不结果
对 该 份 嫩
李 不 结 果

xah wox maenl yangc kgav,　　　　　　　只有枝干枯,
虾 五 闷 杨 架
只 会 枝 干 枯

Baenl kgeis xunk nangc　　　　　　　　　竹不生笋
笨 该 信 囊
竹 不 生 笋

kgait jiul langc dah wap.　　　　　　　　　害我郎过时。
才 旧 郎 他 化
害 我 郎 过 时

Jiul Xingc Mingh Kgeis Daiv
命中不带

Juh lagx nyenc lail 丘 腊 宁 赖 姣 好 人 才	伴好人才
jiul xingc mingh meec daiv, 旧 行 命 没 代 我 又 命 不 带	我又命不带，
Nyaemv naih gobs daiv nyaoh wungh 吝 奶 各 代 鸟 污 晚 今 只 带 在 月堂	今晚月堂坐夜
nyac buh kgags bail xap daengh yangp. 牙 不 康 败 下 当 样 你 也 各 去 嫁 他 人	你也各自离月堂。

情恨姑表

Kgags Map Yangl Dos Mingh
只能怪命运

Maenl qingk kgeis laill	成天苦闷
闷 听 该 赖	
成 天 烦 闷	

kgags map yangl dos mingh,	只怪郎命差，
康 吗 样 多 命	
自 来 叹 着 命	

Juh lis baenl bieengh	姣有竹根
丘 雷 笨 边	
姣 有 竹 鞭	

xaop xingc kgaov xunk nangc.	你各早结笋。
孝 行 告 信 囊	
你 各 早 生 笋	

Jungh Jiuc Luh Jav Map
共那路来行

Nyaemv daol yaoh weep　　　　　　夜坐月堂
　吝　到　鸟　或
　俩　坐　深　夜

denv touk xebc bags　　　　　　　　提到我俩
　邓　到　喜　巴
　提　到　十　句

daoh lix yaoc nyac　　　　　　　　　十言八句
　刀　吕　尧　牙
　说　话　我　你

xaop mangc deic bail gkuip luih dees，　为何让它流下滩
　孝　忙　台　败　溃　追　得
　你　何　让　它　淌　下　滩

lis bix gax dees liebc xenp　　　　　像那汉人游春
　义　俾　卡　得　柳　信
　好　比　汉　人　下　游　春

nyac kgags nyimp maoh　　　　　　你自跟他
　牙　康　吝　猫
　你　自　跟　他

jungh jiuc luh jav map.　　　　　　共那路来行。
　今　条　路　架　吗
　同　那　条　路　来

111

Menl Baov Menl Pangp
天说天高

Menl baov menl pangp 闷　报　闷　胖 天　讲　天　高	天讲天高
kgeis dah dih eengv kuangt, 该　他　堆　彦　狂 不　如　地　还　宽	不如地宽广，
Naih yaoc kgags yenv jiuc mingh 奶　尧　康　应　条　命 今　我　自　怪　条　命	今只怪命苦
jiul buh meec yenv banx, 旧　不　没　应　扳 我　也　不　怪　友	我也不怪你，
Mus xaop dangv lanx bail gail 木　孝　荡　懒　败　界 后　你　渐　渐　去　远	你渐行渐远
kgait jiul langc lonh yenc. 才　旧　郎　乱　银 害　我　郎　常　忧	害我常忧愁。

Meenh Kgaenh Duc Liimc
心恋鲢鱼

Naih yaoc meenh kgaenh duc liimc 　　今我心恋鲢鱼
奶　尧　焉　根　独　鲢
今　我　仍　恋　鲢　鱼

xah wox maenl dah mih, 　　就知是空想，
虾　五　闷　他　梅
就　知　天　过　空

Maenl kgaenh singx nyih 　　心思情侣
闷　根　神　宜
日　恋　情　侣

nyac xap daengh jenl 　　你嫁他人
牙　下　当　定
你　嫁　他　人

naengl jiul langc naih 　　剩下我郎
嫩　旧　郎　奶
剩　我　这　郎

gobs map yenv lagx menl dih piinp. 　　只怨天不均。
各　吗　应　腊　闷　堆　片
只　来　怪　那　天　地　偏

Sags Nyil Kgongl Jungh Dih
共那地干活

Banx nyenc mingh lail 板　宁　命　赖 他　人　命　好	朋友好命
maoh xingc lis nyac 猫　行　雷　牙 他　才　有　你	他才有你
sags nyil kgongl jungh dih, 杀　呢　共　　今　堆 共　块　地　　干　活	共那地干活，
Jodx naih bail lenc 却　奶　败　伦 从　今　往　后	从今往后
nyac nuv gal daemh 牙　怒　卡　登 你　看　剩　下	姣娘你看
miegs nuc geel nup 乜　奴　格　怒 姑娘　谁　处　哪	哪位姑娘
weex nyil dags kgeis nyeemh kgaol 也　呢　达　该　　研　　告 做　那　纱　不　　恋　翻斗	像那纱不恋机
xais maoh daengh jiul langc. 哉　猫　当　旧　郎 叫　她　连　我　郎	叫她来连我。

Naih Yaoc Aol Meec Lis Nyac
如今难娶你

Naih yaoc aol meec lis nyac
奶 尧 奥 没 雷 牙
今 我 娶 不 得 你

heit yuv sugx kguc jil xail
海 又 首 谷 记 蟹
还 要 吊 颈 自 尽

xonv map gkait laox lonh,
转 吗 才 老 乱
怕 我 老 人 忧

Naih yaoc nyih xic xonv xangk
奶 尧 衣 昔 转 想
今 我 再 次 回 想

xangk touk fut mux kgaox yanc
想 斗 服 母 考 然
想 到 父 母 中 家

lis nyil nyeenc jix bail pangp
雷 呢 年 纪 败 胖
有 些 年 迈 高 龄

donh kgeis lail deil
端 该 赖 对
又 不 好 死

yah jav deic soh langc.
丫 架 台 梭 郎
才 把 留 命 郎

如今难娶你

真想死去

又怕老人忧，

回头思量

想到父母

年迈高龄

死念才消

这才把命留。

Naih Yaoc Samp Jaeml Siik Jaeml
今我三邀四约

Naih yaoc samp jaeml siik jaeml 奶 尧 善 定 岁 定 今 我 三 邀 四 约	今我三邀四约
jiul buh meec daiv juh, 旧 不 没 代 丘 我 也 不 带 你	也无命带情伴,
Nyac kgags nyimp nyil 牙 康 吝 呢 你 自 和 那	你自和那
banx jav nyebc fuh 板 架 妞 夫 他 人 成 亲	朋友成亲
naengl jiul langc naih 嫩 旧 郎 奶 剩 我 郎 这	剩下我郎
kgags bail liuih wenp wenp. 康 败 追 份 份 自 去 泪 纷 纷	眼泪纷纷流。

116

Xongs Nyil Nyanl Buih Jenc
像那月落西

Maenl qingk kgeis lail 闷　听　该　赖 白　天　烦　闷	白天烦闷
bail kgoc gail jav senh, 败　各　介　架　生 去　那　远　处　站	去那远处站,
Douv yaoc lenx saemh sigt jiuv 到　尧　冷　生　昔　旧 丢　我　一　生　孤　零	我一生孤零
kganl dengv kgeis guangl 按　邓　该　逛 暗　淡　不　明	暗谈不明
xongs nyil nyanl laos jenc. 兄　呢　念　劳　岑 像　那　月　进　山	像那月落山。

117

Banx Buh Baov Yaoc Lis Lonh Nal
别人说我忧愁多

Nyedc douc xat banh　　　　　　　　　　太阳西斜
妞　头　瞎　班
日　头　西　斜

xah wox daih nanc xonv,　　　　　　　　已知难回转，
虾　五　呆　难　转
只　会　难　回　转

Naih yaoc bail kgoc　　　　　　　　　　今我去那
奶　尧　败　各
今　我　去　那

yeml kgeengl sonk mingh　　　　　　　　阴间算命
应　见　算　们
阴　间　算　命

banx buh baov yaoc lis lonh nal.　　　　别人说我郎多忧。
板　不　报　尧　雷　乱　那
他　人　说　我　有　忧　多

Xais Nyac Lail Xongl Kap
请你好好听

Jiul lonh longc langc 旧　乱　龙　郎 我　忧　心　郎	郎心缭乱
qik xaop nyangc kgeis wox， 去　孝　娘　　该　五 那　你　姣　　不　知	你姣哪知道，
Nyaemv naih lebc nyil 吝　　奶　鲁　呢 晚　　今　告诉　些	月堂夜话
meix fut naih liop 美　服　奶　略 悲　伤　苦　情	诉说苦情
xais nyac juh xongl kap. 哉　牙　丘　兄　下 劝　你　姣　装　耳	劝你好好听。

Naih Yaoc Lebc Daengl Genh Genh
今我一一诉说

Jiuc mingh langc xap
条 命 郎 下
我 命 郎 差

我郎命差

kgeis xongs duih,
该 兄 都
不 如 别人

运不如人，

Naih yaoc lebc daengl genh genh
奶 尧 汝 荡 根 根
今 我 诉 说 一 一

今我一一诉说

nuv yaoc daih eengv lianx lis
怒 尧 胎 彦 两 雷
若 我 还 是 没 有

若是连姣不成

jiul buh meec xangk hap.
旧 不 没 想 哈
我 也 不 想 了

各自孤一生。

Naih Yaoc Biingx Nyinc Nyih Jus
如今年满二九

Naengl uns nyil nyil　　　　　　　　小小时候
嫩　温　义　义
还　小　时　候

jiul siip mix wox fut,　　　　　　　我还不知苦，
旧　赛　美　五　服
我　还　未　知　苦

Naih yaoc biingx nyinc nyih jus　　如今年满二九
奶　尧　品　　年　　衣　九
今　我　满　　年　　二　九

bix duc kgus nyuc kgaox jonh　　　好像圈里黄牛
俾　独　谷　牛　考　端
像　头　牯　牛　里　圈

maoh siip lonh kip bac.　　　　　　它也愁犁耙。
猫　赛　乱　去　八
它　又　愁　犁　耙

Aol Nyil Kgongl Jungh Jenc
活路一起干

Kgaenh juh xebc wenp　　　　　　　　恋姣十分
　根　丘　喜　份
　恋　姣　十　分

beec suiv dah xic　　　　　　　　　　真心相守
　白　瑞　他　昔
　白　坐　过　时

gobs map deil fut mih,　　　　　　　　心累无限，
　各　吗　对　服　梅
　只　来　空　辛　苦

Jodx naih bail lenc　　　　　　　　　从今往后
　却　奶　败　伦
　从　今　往　后

nyac kgags nyimp nyil banx nuc geel nup　你跟情伴
　牙　康　吝　呢　板　奴　借　怒
　你　白　跟　着　别　的　朋　友

liogc xebc nyinc xongl　　　　　　　六十年中
　略　喜　年　兄
　六　十　年　中

aol nyil kgongl jungh jenc.　　　　　共那山干活。
　奥　呢　共　今　廷
　要　那　活　共　坡

Gkait Jiul Langc Danl Xenp
害我郎单身

Jungh lagx Xangl Liangc 今 腊 丈 良 同 子 章 良	同是章良①子孙
jav jiul langc fut xik, 架 旧 郎 服 细 那 我 郎 多 苦	我郎多苦愁,
Kgeis wox kuenp nup piinp buih 该 五 困 怒 片 俾 不 知 路 哪 偏 差	不知何处偏差
gkait jiul langc danl xenp. 才 旧 郎 旦 信 害 我 郎 单 身	害我郎单身。

---

①章良：侗族神话故事《洪水滔天》里的人物。传说滔天洪水毁灭了人类，章良章美兄妹俩躲于大南瓜里而逃脱了劫难，后根据上天的指示，兄妹结为夫妻，从而繁衍了人类。

Wangx Xangk Xongs Jenl
盼望如人

Fut mux sangx langc　　　　　　　　　　父母生我
　服　母　赏　郎
　父　母　生　郎

wangx xangk xongs jenl　　　　　　　　盼望如人
　汪　想　兄　尽
　本　想　如　人

nain mangc wenp duc nyenc dah gangv,　今何成了过时汉，
　奶　忙　份　独　宁　他　扛
　今　何　成　个　人　过　时

Jids siip kgeis xangh　　　　　　　　　结不成亲
　及　岁　该　香
　结　亲　不　成

xonv map dogl dah lenc.　　　　　　　　反而落后人。
　转　吗　惰　他　伦
　转　来　落　在　后

Wenp Duc Nyenc Dah Saemh
人已过青春

Nyedc douc buih jenc	日落西山
妞　头　俾　岑	
日　头　偏　山	

wenp duc nyenc dah saemh,	成了过时人,
份　独　宁　他　生	
成　个　人　时　辈	

Kgaox sais pangp taemk	心中忐忑
考　哉　胖　邓	
里　心　高　低	

xonv map lonh gungc kuenp.	各自多忧愁。
转　吗　乱　谷　困	
转　来　忧　多　处	

Kgaox Longc Langc Liangp
郎心喜欢

Kgaox longc langc liangp 考 龙 郎 亮 中 心 郎 爱	郎心喜欢
jiul yah maenl meenh xangk, 旧 丫 闷 焉 想 我 就 天 天 想	我就成天想，
Wox weex il nup 五 也 义 怒 知 做 怎样	不知怎样
daol lis daengl daiv 到 雷 荡 代 咱 有 相 带	命中相带
digs bix douv jiul langc jil kuip. 堆 俾 斗 旧 郎 记 溃 切 莫 丢 我 郎 吃 苦	切莫丢下郎。

Weex Duc Yiuh Binc Biac
做只鸟恋窝

Banx jav lis nyac 板 架 雷 牙 他 人 有 你	别人有你
dongc dinl laos lol 同 邓 劳 洛 同 脚 进 船	一同坐船
nyac kgags nyimp maoh 牙 康 吝 猫 你 自 跟 他	你各和他
aol nyil miac xongv sank, 奥 呢 麻 兄 闪 要 些 手 共 伞	共把伞来撑,
Nain nyac wanh magl jemc liup 奶 牙 弯 慢 岑 类 今 你 换 记 处 暗	今你暗换信物
xaop kgags piout jiul langc naih 孝 康 浦 旧 郎 奶 你 自 哄 我 郎 这	诓我郎金
weex duc yiuh binc biac. 也 独 优 彭 茶 做 只 鹨 恋 蓬	做只鸟恋窝。

Naih Nyac Bail Saox Kgags Donc
如今你嫁他乡

Naih nyac bail saox kgags donc 　　　　今你嫁他乡
奶 牙 败 少 康 团
今 你 嫁 去 他 乡

yil yangh yonc laengh douv yeep 　　　　像网脚离网
义 央 荣 浪 斗 夜
就 像 铅 逃离 丢 网

xaop kgags nyimp lagx gkeep weex guv, 　　你各跟他成双对,
孝 康 吝 腊 格 也 故
你 自 跟 人 他 成 对

Jodx naih bail lenc 　　　　　　　　　从今往后
却 奶 败 伦
从 今 往 后

gobs map deml nyil kgul juc wuic wah 　　音信杳无
各 吗 邓 呢 故 求 为 哇
只 来 遇 些 姑 舅 谈 话

xingc kgags wangk nyil dangc wungh daol. 　就知弃情堂。
行 康 放 呢 堂 污 到
各 自 抛弃 些 堂 情 咱

Xongs Meix Gas Mant Wangc
像那秧枯黄

Jodx maenl bail jenc 却 闷 败 岑 半 天 去 坡	半天干活
jiul yah jodx maenl sav, 旧 丫 却 闷 啥 我 就 半 天 歇	我歇半天，
Seik nuv juh jiul 赛 怒 丘 旧 细 看 姣 我	眼看情伴
weex nyil xuit laengh douv yav 也 呢 水 浪 斗 亚 做 那 水 离 丢 田	像那水抛弃田
xingc kgags douv jiul langc naih 行 康 斗 旧 郎 奶 各 自 丢 我 郎 这	丢下郎金
xongs meix gas mant wangc. 兄 美 卡 蛮 王 像 那 秧 黄 枯	像那秧枯黄。

情恨姑表

129

Naih Nyac Loux Yaoc

今你哄我

Naih nyac loux yaoc 奶 牙 鲁 尧 今 你 哄 我	今你诓我
dangl nyil lac dah nyanl maenl 荡 呢 腊 他 念 闷 像 些 菌子 过 月 天	像那菌过季节
nyac kgags nyimp nyil 牙 康 吝 呢 你 自 跟 些	你自跟着
banx nuc geel nup 板 奴 格 怒 别 谁 哪 处	那些情伴
jids nyil baenl wongp bieengh, 及 呢 笨 奉 边 结 些 竹 成 鞭	结那竹根情，
Dagx jiuc mingh langc kgeis kaemk 打 条 命 郎 该 更 量 我 郎 命 不 够	自知命运不好
xah wox naemv nyaoh danl. 虾 五 嫩 鸟 旦 只 有 该 单 身	只有打单身。

Weex Duc Wangc Sut Nyimp Nyanl
像那王述伴月

Jodx naih bail lenc 从今往后
  却　奶　败　伦
  从　今　往　后

seik nuv juh daengh saox juh 你跟表兄
  赛　怒　丘　当　少　丘
  细　看　你　跟　夫　你

weex duc wangc Sut nyimp nyanl 像那王述伴月[1]
  也　独　王　属　吝　念
  做　个　王　述　跟　月

lianx dogl dih map， 永住月宫，
  两　惰　堆　吗
  不　落　地　来

Douv yaoc beec dah gail gkank 白害郎心久盼
  斗　尧　百　他　介　看
  让　我　白　从　远　望

nanc map daiv nyac juh xangp limc. 也难有你姣连。
  难　吗　代　牙　丘　向　林
  难　来　带　你　姣　相　连

---

[1] 王述：侗族民间传说里常年在月宫伴月的神话人物。传说王述既聪明，又奸诈，后孤老在月宫。

Aol Weex Saemh Kgaiv Yaenl
一直到鸡叫

Nain nyac weex duc
奶　牙　也　独
今　你　做　只

今你做那

mogc kgeis kgeeul daengl
母　该　构　荡
鸟　不　粘　膏

鸟不粘膏

beec map haik yaoc maenl xongl jah,
百　吗　害　尧　闷　送　加
自　来　害　我　安　高　杆

白来害我安膏杆[①],

Xuip nyimp juh wah
瑞　吝　丘　花
特　跟　姣　讲

特跟情伴述

aol weex saemh kgaiv yaenl.
奥　也　生　介　应
一　直　到　鸡　叫

一直到鸡叫。

---

①膏杆：专门用于捕鸟的杆子，上面涂满黏性粘膏。

Yangh Daol Mads Lianx Daengl Xongp
假若从不相识

Yangh daol mads lianx daengl xongp   若咱从不相识
  央　到　麻　两　荡　兄
  若　俩　从　不　相　识

dos nyil sungp dungl yeml yangc   讲那阴阳话语
  多　呢　送　洞　应　阳
  说　些　话　语　阴　阳

haengl bail wangk buh yangx,   也愿离了算，
  杭　败　放　不　养
  愿　去　离　了　算

Yac daol banl miegs   我俩男女
  牙　到　办　乜
  咱　俩　男　女

siic jiv laot yangh   情投意合
  随　计　劳　央
  情　投　意　合

naih nyac yuh siip bail gkeep   今你嫁他人
  奶　牙　优　岁　败　格
  今　你　又　再　嫁　他

dangl duc nyenc daol beel bens senl.   忘了我俩情。
  荡　独　宁　到　白　崩　正
  像　个　人　们　卖　本　村

Dengv Nas Kgeis Gkeip
愁眉苦脸

Maenl yaoc bail jenc　　　　　　　　白天上坡
闷　尧　败　岑
天　我　去　坡

deml nyil biingc banx geel kuenp　　路遇朋友
邓　呢　平　板　借　困
碰　上　朋　友　边　路

biingc banx haemk yaoc　　　　　　朋友问我
平　板　限　尧
朋　友　问　我

naih yaoc nuv nyac　　　　　　　　今我见你
奶　尧　怒　牙
今　我　看　你

dengv nas kgeis gkeip　　　　　　　愁眉苦脸
邓　纳　该　概
笑　脸　不　开

dangl duc nyenc daol siit siip fuh,　　好像死妻人，
荡　独　宁　到　谁　岁　夫
好　像　人　们　死　了　妻

Yaoc xonv daov baov biingc bangx　我答朋友
尧　转　到　报　平　板
我　转　告　诉　朋　友

daml il buh naih dogl kuip　　　　　如今落难
旦　义　不　奶　堕　贵
来　到　这　段　落　难

134

gkait map jiul lonh yenc.
才 吗 旧 乱 寅
害 来 我 忧 常

我郎心才忧。

Juh Mix Nyebc Siip
姣未出嫁

Juh mix nyebc siip 丘 美 引 岁 姣 未 嫁 人	你未出嫁
jiul seik mix lieeux sais, 旧 赛 美 了 哉 我 就 未 了 心	我也未了心，
Xegl gas juh yaoc 正 卡 丘 尧 正 等 姣 我	等到情伴
bail saox gemv giul 败 少 更 贵 嫁 夫 静悄悄	悄然嫁人
yuc touk xic nup 由 到 昔 怒 任 到 何 时	任它何时
jiul seik xap daengh jenl. 旧 赛 下 当 定 我 再 找 和 别人	我再另找人。

Sungp Dungl Langc Nyangc
我俩话语

Sungp dungl langc nyangc
送 洞 郎 娘
话 语 郎 娘

mangc kgeis nyimp jiul langc naih
忙 该 吝 旧 郎 奶
何 不 跟 我 郎 这

wah daemh buh,
蛙 登 不
讲 段 时间

Mus xaop nyebc fuh wenp yanc
目 孝 纽 夫 份 然
往后 你 完 婚 成 家

jiul buh nanc touk geel.
旧 不 难 斗 格
我 也 难 到 边

我俩话语

何不跟郎

当面叙说清，

今后你姣结情

我也难拢身。

Bix Nyil Bagl Sot Nyeemh Xic
像那锁套钥匙

Nyac kgags nyimp nyil 牙　康　吝　呢 你　自　跟　那	今你和那
banx nuc geel nup 板　奴　格怒 朋友　谁　哪里	别的情哥
weex nyil bagl sot nyeemh xic 也　呢　罢　说　研　昔 做　那　把　锁　恋　钥匙	像锁套钥匙
aol nyil yil jungh kganh， 奥　呢　义　今　杆 要　那　衣　共　杆	要那衣共晒，
Naengl jiul langc naih 嫩　旧　郎　奶 剩　我　郎　这	剩下我郎
kgeis xonc kgeis xuh 该　传　该　修 不　成　不　实	人不完美
eengv map lis juh mangc. 彦　吗　雷　丘　忙 又　来　得　你　怎样	怎能娶得你。

情恨姑表

138

Xonv Map Ngeenx Liuih Liangc
各自眼泪流

Juh lagx nyenc lail
丘 腊 宁 赖
姣 好 人 才

jiul xingc dal meenh deis,
旧 行 大 焉 胎
我 仍 睁 眼 望

Naih yaoc banl haengt miegs kgeis
奶 尧 办 杭 乜 该
今 我 男 愿 女 不

weex kgeis wenp xonh
也 该 份 专
做 不 成 事

xonv map ngeenx liuih liangc.
转 吗 眼 追 良
转 来 眼 泪 流

姣好人才

我常睁眼瞅,

如今男愿女厌

做事不成

各自眼泪流。

Nyimp Jiul Langc Jids Nyih
和我郎结情

Nyaemv daol nyaoh weep 吝 到 鸟 或 夜 咱 坐 晚	咱坐深夜
lianx meec miegs nuc baov map 两 没 乜 奴 报 吗 没 有 姑娘哪位 说 来嫁	也没姑娘
nyimp jiul langc jids nyih, 吝 旧 郎 及 衣 和 我 郎 结 亲	和我郎结情，
Sagt kgoc maenl mangc 杀 各 闷 忙 若 有 天 哪	若有一天
daengl deml meenh yunv 荡 邓 焉 应 相 遇 仍 打招呼	相逢相见
kgunv daol weex banx siic nyaoh 贯 到 也 板 随 鸟 当初 我俩 做 伴 同 在	往日同伴
naih mangc siip map 奶 忙 岁 吗 今 何 又 来	如今为何
nuv lagx maoh nyimp nyac. 怒 腊 猫 吝 牙 见 了 他 随 你	见你跟他人。

Ngeenx Xongl Daengl Nuv
两眼相望

Ngeenx xongl daengl nuv 相遇相见
碾　兄　荡　怒
眼　睛　相　见

lis nyil dux yah banh, 心中暗伤心，
雷　呢　肚　丫　班
有　颗　心　就　伤心

Naih mangc douv yaoc 今何丢我
奶　忙　斗　尧
今　何　丢　我

jagl jiuc sais bens kgaenh juh 心恋着你
降　条　哉　崩　根　丘
硬　着　心　肠　恋　姣

xah wox wenp nyenc xap. 成个下贱人。
虾　五　份　宁　下
就　知　成　人　差

Xik Maenl Yaoc Liangp Kgeis Touk Juh
天天想姣难见面

Xik maenl yaoc liangp kgeis touk juh 细 闷 尧 亮 该 斗 丘 有 天 我 想 不 到 你	若我相思不到你
xik maenl juh miungh kgeis touk yaoc, 细 闷 丘 敏 该 斗 尧 有 天 你 思 不 到 我	若你怀恋不到我，
Juh miungh touk yaoc 丘 敏 斗 尧 你 思 到 我	你想到我
nyac qingk pak sais kgeis? 牙 听 罢 哉 该 你 觉 坏 心 不	你觉伤心吗？
Yaoc miungh touk juh 尧 敏 斗 丘 我 想 到 你	我想到你
aol miac xeengk guiuh 奥 麻 现 归 要 手 撑 腮	两手撑思
lis nyil naemx dal daoc. 有 呢 报 大 桃 有 些 水 眼 流	眼泪往下流。

Nyinc Nyinc Il Kgaov
年年如此

Kgangs lix nyanl nop	寒冬谈情
康 吕 念 糯	
说 话 月 冬	
wenx buh yuih nyanl saos,	总又推夏天,
粉 不 又 念 召	
总 也 要 夏 季	
Naih mangc douv yaoc	如今丢我
奶 忙 斗 尧	
今 何 丢 我	
nyinc nyinc il kgaov	年年如此
年 年 义 告	
年 年 如 此	
xah wox meec wenp jangl.	一事无成。
虾 五 没 份 降	
只 会 不 成 功	

Xaop Xingc Bail Daengh Duih
你会嫁他人

Naih nyac banv buh lic dangc 奶　牙　办　不　雷　堂 今　你　半　中　而　离	你半途离堂
xaop xingc bail daengh duih, 孝　行　败　当　都 你　各　去　给　　他	你各嫁他人，
Mogc xuh taot wap 母　修　桃　化 树　木　换　花	树换新装
kganl gas juh jaengl 按　卡　丘　降 因　等　你　久	等姣长久
dangl bail yac saemh nyenc. 荡　败　牙　生　　宁 像　似　俩　代　人	好像几代人。

Mangc Kgeis Saemp Deil
何不早死

Mangc kgeis saemp deil 忙 该 胜 对 何 不 早 死	何不早死
xangx jux nyil meec nyenh, 香 九 义 没 音 反 而 一点 不 记得	才能忘忧愁，
Jodx naih bail lenc 却 奶 败 伦 从 今 往 后	从今往后
nuv juh bail jenl 怒 丘 败 定 看 你 嫁 他人	见你嫁人
naengl jiul langc naih 嫩 旧 郎 奶 剩 我 郎 金	剩下我郎
gobs map qingk nyil lemc xonh menl. 各 吗 听 呢 伦 专 闷 只 来 听 那 风 转 天	只有听那旋风吹。

Nuv Nyac Baov Map
若你愿嫁

Nuv nyac baov map 怒 牙 报 吗 若 你 说 嫁	若你说嫁
daol suh xic naih kgangs, 到 收 昔 奶 康 咱 就 时 这 讲	咱就现在讲,
Dah lieeux xic naih 他 了 昔 奶 过 了 时 这	过了这时
langc jeml nyaoh gail 郎 定 鸟 介 郎 金 在 远	郎金在远
begs lail yangh mangc 百 赖 央 忙 即使 好 样 什么	即使再好
qik xaop nyangc suh menc. 去 孝 娘 书 门 那 你 娘 就 抛	你也把我抛。

Jiul Buh Kgeis Aol Maoh
我也不娶她

Yangh yaoc lis nyac　　　　　　　　　若我有你
　央　尧　雷　牙
　若　我　得　你

juh lagx nyenc beec　　　　　　　　　聪明人儿
　丘　腊　宁　白
　你　人　聪　明

jiul buh meec aol duih,　　　　　　　 我也不娶她，
　旧　不　没　奥　都
　我　也　不　娶　她

Xah yaot juh jiul　　　　　　　　　　只怕情伴
　虾　欲　丘　旧
　就　怕　姣　我

kgaox sais meec yuih　　　　　　　　心里不爱
　考　哉　没　优
　里　心　不　爱

xaop kgags lic daengh gkeep.　　　　你各嫁他人。
　孝　康　雷　当　格
　你　自　离　跟　别

Xedt Xih Nyebc Jenl Yanc
全都已成亲

Naih yaoc aol meec lis nyac
奶 尧 奥 没 雷 牙
今 我 娶 不 得 你

今我娶不得你

jiul siip naemx dal liuih,
旧 岁 椒 大 追
我 就 水 眼 流

眼泪往下流,

Jiml dal naengc duih
尽 大 能 都
抬 眼 看 他

眼看朋友

xebt xih nyebc jinl yanc.
血 西 妞 尽 然
全 都 成 了 家

全都成家人。

后　记

　　《侗族民间口传文学系列》是由贵州民族出版社在贵州出版集团的领导下组织和策划的重点出版项目,历经多年,逐年出版。

　　"侗族民间口传文学系列"第2辑一共六本经过两年多时间的磨炼,终于全部完成了,这在传统文学逐渐式微的背景下显得弥足珍贵。当代社会,传统的民间文学相对于通俗文学而言,发展尤其艰难。其一,读者面窄,无法成为大众文学;其二,民间文学根在民间,而在民间的根很不牢固,受各方面因素的影响和冲击,其赖以生长的土壤日渐变差,生存环境日渐恶劣,没有维持生命的养分,生命自然得不到保障。可见,包括侗族口传文学在内的民间文学要想生存何其不易,发展更是艰难。同时,也借此机会呼吁更多有识之士投入到挖掘、整理民间文学的行列中来,保护和弘扬优秀的民族民间文化。

　　侗族的民间文学,形式多样,内容丰富多彩。由于历史上侗族没有文字,侗族的历史文化只能以歌谣的形式用口传的方式代代相传。"侗族民间口传文学系列"第2辑是在20世纪70年代收集到的汉字记侗音歌本基础上整理翻译而成。在这之中,退休干部杨成怀提供了用于翻译的原始资料,为整个项目的开展奠定了基础,榕江县车江侗学研究会石建基参与了项目的协调工作,为翻译工作的顺利进行提供了帮助。杨艳红、杨广珠、杨亚江作为直接翻译者,利用本职工作之外的时间为本项目的有序进行及最终完成付出了极大的辛劳。作为本项目的共同执行者只能在此互相勉励,汗水虽然湿润了我们的衣襟,但相信大家的努力付出会得到人们的肯定,得到侗族群众的赞扬。

在整理翻译过程中,由于资料来源分散,基于汉字记侗音的缘故以及歌本拥有者抄写习惯的不同,翻译者常常会遇到难解的问题和困惑,因抄写者多已离世,无法直接询问和了解歌词的含义,只能遍访民间歌师,多方收纳结果,再来统一,最终确定相对正确的答案,有时为了一两句话而耽误一两个星期,这给整个翻译工作带来了较大的困难。尽管如此,本项目参与者还是克服了种种困难,特别是时间上的困难,解决了一个又一个问题,最终较好地完成了本项目。当然,由于时间的限制和参与者对侗族古歌古词含义了解的局限,在本项目中,难免会存在不足和遗漏,本项目付梓成书后,期盼民间歌师和专家学者指正。

卜 谦

2018 年 11 月